通往阿斯兰的国度

C.S. 路易斯《纳尼亚传奇》导读

马丽　李晋　著

上海三联书店

谨将此书献给

书约,悯约,思义

以及他们同一代的孩子

推荐序一

何光沪

　　当我们看到,一些"全国著名"小学竟会要求学生记住《三国演义》中一大堆诸如此类的"知识":某国某臣属的三个老婆的名字,某些早已不用的古代武器的名称,甚至某匹马的别名等等,而且竟会把这类题目印满了两页试卷的时候;当我们看到,向全国学生播出的"知识竞赛"竟然大力鼓动中小学生去背诵大多数专家都不认识、传媒都不使用的《康熙字典》中现代使用率为零的生僻怪字的时候;当我们看到,全国人民包括亿万青少年都在收视的"春晚"节目,竟然号召小朋友们"抢红包"的时候……我们难免会想,这样的"教育"要把孩子们捏成什么奇形怪状——像《三国演义》众多人那样,为了争权夺利而玩弄权术,内心诡诈,对于"兄弟"同党死心塌地、毫无原则,而对竞争对手却冷酷无情?

像孔乙己那样因知道一个"回"字有几种写法而沾沾自喜,同时对国家大事、时代风云都漠不关心? 只想着不劳而获,为争利不择手段?

当然,我们还没有提到,几十年一贯的应试教育如何剥夺孩子们的童年和青春,如何让孩子们真把分数当命根而扭曲生命,甚至导致孩子和父母自杀轻生⋯⋯一句话,这些"教育"真的不需要,真的应该弃之如敝履! 反过来说,真正重要的教育是培养孩子的这些品质:认识世界的兴趣、对真善美的渴求、追求正义和无尽大爱的心灵。

这本书所致力的,就是着重"真正重要的教育"。

当我们看到,有相当数量的中小学老师,竟会要求学生交费进他自己的"补习班",竟会为了赚取这种利益而截留自己应该在课堂上、在校内讲授的内容;当我们看到,一些教师竟然禁止孩子课间到户外玩耍,甚至禁止上厕所;当我们看到,一些教师对待自己有责任呵护的孩子,竟然打骂、虐待甚至性侵⋯⋯当然,我们还没有提到从幼儿园到大学的教育、资源分配不公,以及各类尤其是艺术院校掌握考试录取大权者对考生的"潜规则"和贪赃枉法者的阴险毒辣⋯⋯一句话,这些"老师"真的应该滚出学校,因为他们对孩子毫无爱心! 反过来,真正敬业的老师,一定是有爱心的老师! 就此而言,现在越来越多对学校失望的家长或父母,他们才是真正敬业的老师!

写这本书的这一对父母,就是两位真正敬业的老师。

有了"爱的教育"这个理念在心中,有了"爱的老师"这些父母在身旁,还必须有"爱的教材"! 让我们看到那些鼓吹仇恨、暴力的漫画、影视或游戏,当我们看到那些毫无童心、说教连篇的书本教材或教辅,我们会不由得想到漫画《三毛流浪记》和《父与子》,想起童话《木偶奇遇记》和《白雪公主》,我们会不由得想起迪士尼的作品、安徒生的作品、马克·吐温的作品……

但是,还有一些不但不亚于以上作品,而且堪称超越以上作品的作品,那就是 C. S. 路易斯的作品,尤其是本书介绍的这部《纳尼亚传奇》(七卷)。

C. S. 路易斯在英语世界是名满天下的大作家,他不但写了大量的儿童魔幻小说、科学幻想小说等等,而且是牛津大学和剑桥大学的中古文学教授,同时还通过广播节目鼓舞了二战中无数的士兵和平民(同丘吉尔首相一样),又是使英语世界千千万万普通人获益的通俗神学家和护教家。

他从一个无神论者转向基督教信仰的心路历程,他幼年丧母、中年丧妻的人生经历,他幽默的语言、睿智的说理、生动的比喻,以及难得的把敬虔的信仰讲明的理性、扎实的学术功底,与宏大的想象结合起来的能力……所有这些都使西方世界很多知识分子成了他的粉丝,其中有许多人还说,他们是读着《纳尼亚传奇》长大的!

《纳尼亚传奇》的宏大、奇丽和深刻、感人,令看过同名电影的人都有深刻的印象。这对孩子、对成人都是极有教益的作品。

但是,这部煌煌七卷的儿童文学,对于许多孩子以及许多家长而言,的确需要某种全面的介绍和导读。我们夫妇都很器重、也喜欢的李晋、马丽这对年轻的学者夫妇,为大家做了这些相当费力的工作。我很希望,也相信,此书会对大家有所助益,更有助于汉语世界所有"真正敬业的老师",为了这"真正重要的教育",去好好利用这"真正宝贵的教材"——《纳尼亚传奇》!

2017 年 7 月中旬,北京,酷暑中

推荐序二

乔治·马斯登

　　鲜有作家能像 C. S. 路易斯那样,把理性和想象力结合在一起。在路易斯所写的书和文章中,他为基督教信仰真理提供了有力的论证。同时他也认识到,单单靠逻辑,并不足以让人们看到真实。他们的眼睛需要被打开,而想象力就是帮助做到这一点的最有效方法。即便在他的护教学作品中,路易斯也常常借助于生动的形象对事物进行诠释。在他著名的《返璞归真》一书中,路易斯将成为一个基督徒描绘成如同玩具士兵或雕像活过来,或者如同一个人从长久的沉睡中苏醒过来,抑或如同孩童蹒跚学步,或者像一间木屋变成一座宫殿,以及用许多其他形象来进行比喻。

　　路易斯强调想象力非常重要,因为他确信,现代科学技术和文化所产生的主要后果之一就是将现实祛魅化。现代文化通过强调物质现实和施行控制现实的科学方法,教导人们不再关注他们周围宇宙中那些更高的属灵维度。因此,路易斯对现代祛魅的解决方法,就是鼓励他的读者们,通过富有想象力的文学作品,再次为他们的想象力赋魅。在《纳尼亚传奇》系列中,他指出了这个赋魅开始的起点之一,就是儿童。儿童天生就被赋予了很强的想象力,他们感受到了现实中存在着超越我们肉眼所见的维度,但现代世界的"科学"训练很快就教育引导他们要将这种人类的天生直觉弃之一旁。在《纳尼亚传奇》系列的主题中,路易斯就描述了一个被科学主义充满头脑、非常实际的人,那就是《魔法师的外甥》中的安德鲁舅舅,他无法忍受阿斯兰的歌唱(因为他知道狮子是不会唱歌的),对于真实的理解,他抱有非常有限的感受力。

路易斯将对基督教的理性辩护与富有想象力的类比结合在一起,显出了强健的生命力,这种影响甚至穿越了文化和时间,其原因正是在于,他非常谨慎地让人感受到基督教是符合人性需求和认知感受的。路易斯作为一位致力于文学史的学者,同时也作为一个具有跨文化敏感度的人,他很警惕不让现代西方思想中"最先进"的那些观念来主导我们所相信的。恰恰相反,路易斯在寻求持久的原则和洞见时,他洞察人性、审视人的道德感知,认识到人对一种跨越时间、超越文化的超验之美抱有深深的渴望。在很多领域和不同文化中,基督教对事物的叙事之所以如此具有影响力,正是因为(正如他用更好的形象所展现的那样),这些渴望如同在一部交响乐中寻找一段遗失的乐章,或在一部小说里寻找一些章节,看它们可以如何恰如其分地解释我们余下的经验,以及赋予整体以重要意义。

　　在纳尼亚故事中,路易斯用很多类比扩展基督教的含义。马丽和李晋所写的这本导读,给人们理解路易斯作品带来有益的帮助。那些类比和所有其他类比一样,本身并不是完全的,但却可以让各个年龄的人都能当作美好的故事来享受,这些故事都是如此扣人心弦。然而,我们更应盼望这些故事可以帮助读者指向那个真实故事的更高美善。

　　　　　　　　　　　　　　　　　2018 年 5 月 7 日于大溪城

纳尼亚地图

导　言

　　在英语世界中,牛津大学文学教授、护教学家 C. S. 路易斯所写的七卷本《纳尼亚传奇》(*Chronicles of Narnia*,更确切的翻译应是《纳尼亚编年史》),伴随着几代儿童的成长,被誉为"故事中的故事"。在这个系列中,路易斯用丰富的想象力,将基督教的世界观和真理,如银线一样编织进"纳尼亚世界"的精彩故事中。尽管路易斯只是描绘了一个想象出来的世界,然而这些故事闪耀着真理和爱的璀璨光辉,可以帮助孩子在成长中有智慧地面对各样的困难,塑造他们的品质,培养他们美好的心灵。但是,在阅读《纳尼亚传奇》时,如果能够联系到路易斯其他的作品,并且注意到他在写作文体上的独特性,就能够帮助我们更深入地明白路易斯在这部童话的字里行间所表达的:对于超越这个世界的真理深信不疑和对于爱的未来的盼望。

写作初衷

路易斯说,当他酝酿要写这部作品的计划时,首先在他脑海中浮现出的是一幅幅生动的景象:打着伞的羊怪、坐在雪橇上的女王、会说话的狮子……都栩栩如生地呈现在眼前。他十六岁的时候,头脑里就会时常跳出羊怪的画面,以及各种千奇百怪的画面,然而这些画面慢慢连接在一起,仿佛有了生命一般。然而,一直等到四十岁,路易斯才真正开始动笔,把它们写成故事。最初,他只计划写《狮子、女巫和魔衣橱》这一卷。让人意想不到的是,随着读者的积极反馈和出版社的鼓励,他又陆续写出了其他六个故事,组成了一个完整的系列。有趣的是,在他写作的这几年,他在梦中多次都出现了狮子的形象。于是,路易斯决定让狮子阿斯兰成为纳尼亚七卷编年史的中心角色。这些小插曲都能够帮助读者去更深入地理解文学家路易斯,理解他是如何捕捉到那些书中所表达的灵感的过程。

路易斯描写孩子们穿越进入纳尼亚世界的情节,受惠于他的作家朋友格林(Roger L. Green)《被时间忘记的森林》的启发。那部作品并没有发表,但路易斯却借用了该书中关于时间穿越的情节。他的这位朋友也积极地和路易斯讨论纳尼亚书中的各样问题,并且给出了很多建议。纳尼亚原本是一个意大利小镇的地名,路易斯给这个想象的世界起名为"纳尼亚",只是因为他喜欢这个地名的发音。路易斯在开始写作时,原本没有刻意要将故事和永恒的信仰联系在一起,然而在写作中这些主题却极为自然地流露了出来。路易斯这样说道:

有人好像以为，我在一开始写的时候，就问自己，应该怎样对孩子们讲基督教信仰，然后用童话作为一种工具，接着……列出一套基督教真理，锤炼出一些寓意手法，来体现这些真理。但这些说法却都不正确。

《纳尼亚传奇》系列中的神学想象力，是借着文学想象力生动地表现出来，恐怕只有像路易斯这样伟大的文学家才能做到这一点。要知道，路易斯不仅仅是一位文学评论家，他还是二十世纪最伟大的护教家之一，在他的文学想象力中，也展现了他作为护教家的睿智和谦卑。路易斯并不想将一套关于信仰的神学或护教学的问题探讨，生搬硬套地塞进一个个童话故事中。他认为，如果那样做的话，毫无疑问，信心和情感就会彼此深深地隔离了。路易斯意识到了这样的危险，因为这正是他自己幼年时所经历的信心消沉、远离信仰的原因之一。因此，他绝不会写出那种生硬牵强的作品。他这样说道：

> 我希望这一类故事能够避免一种禁忌，这种禁忌使我童年时对宗教信仰的兴趣一蹶不振。当人被告知应该怎样感受到上帝或者应该如何感受到基督的受苦时，为什么人会觉得很难感受到呢？我认为主要原因就是，当人被告知他应当这么做时，当人被要求如何去感受时，这些要求恰恰就扼杀了这些感受。假如我们把所有这些感受都放到一个想象的世界中，从而摆脱它们与教堂的彩色玻璃窗和儿童主日学的关系时，人们是否能够释放出他们真正的、前所未有的影响

力呢？……我认为是可以的。

很显然，路易斯认为，很多时候，在教会中或基督徒家庭中，以频繁、密集的反复说教去灌输信仰真理时，令人遗憾的结果常常是适得其反，最终会让一个人变得对真理和爱冷漠，无法再被打动。路易斯不是说信仰真理没有能力，而是描述了人们心理上的一种真实的矛盾状态：人心的可悲在于，有时它竟然可以在上帝丰满的慈爱和恩典中沉睡不醒。路易斯不想只通过刻画一些人物，让读者联想到圣经中的某些人和事。相反，他想要给孩子们讲一个故事，通过这个故事能够表达出最为纯粹的信仰，借着童话来帮助孩子们摆脱由填鸭灌输所导致的对于救赎真理"熟悉却陌生"的感觉。他尝试着用故事来激发人的想象，让人产生出对于真实的渴望。

想象并渴望一种真实

牛津大学教授麦格拉思（Alister McGrath）在《C. S. 路易斯——天赋奇才，勉为先知》一书中谈到，路易斯所创作的《纳尼亚传奇》是一个"充满想象力的"世界，而不只是一个"想象出来的"世界。他说，"'充满想象力的'……是努力找到符合现实的意象。当一种神话越是富有想象力时，它就越有能力将更深层的现实传达给我们。"①

---

① 麦格拉思：《C. S. 路易斯》，苏欲晓、傅燕晖译，上海三联书店，2018 年，第 234 页。这里的译文略作修改。

　　路易斯的作品帮助读者想象出一种真实,然后用情感和渴望去经历它。作家罗格斯(Jonathan Rogers)说,路易斯不会刻板地教导什么是温暖,而是让人用想象力去点燃一堆火,然后说,"火在这里,过来感受一下它吧。"圣经中用叙事手法将真实的信仰中所蕴含的真理呈现出来:上帝成为一个人,他经历了人完整的一生,为他子民的罪受死、付上赎价,然后复活,将来会最终带领他们进入天堂。信仰不仅为了要让人去承认这些真理(圣经说,连魔鬼也相信这些),更是要让这些真理进入我们的渴望和意志中。在很大程度上,这都是需要凭借我们的神学想象力来完成的。

　　想象力无疑是上帝给人的一种奇妙恩赐,在心与眼无法达到的属灵实在中,却能够通过想象将人和这种实在联系在一起。其实在很大程度上,福音也是借着人的想象力进入到人生命中的。正如路易斯在《神迹》一书中所说的:"理性是真理的自然秩序,但想象力是'意义的器官'。"路易斯提供给读者的那种纳尼亚式的想象力,激发出人心中一种对真实的渴望。他在《返璞归真》中也写到了这一点:

　　　　如果我在自己里面发现有一种渴望,是这个世界中任何经历都无法满足的,那么最可能的解释就是,我是为了另外一个世界而造的。

　　《纳尼亚传奇》不光停留在讲述充满想象力的故事,还表达出人对生命意义和美德的追求。作为文学教授的路易斯很清楚,孩子们渴望听到勇敢的骑士的故事,因为听这些故事时,不仅他们的想象力被抓住,他们的道德感也被提升了,他们会心潮澎湃地想象自己成为了勇士,在为一个崇高的国度战斗。

与路易斯有四十年友谊的保罗·F.福特(Paul F. Ford)曾创办了一个名为"南加州 C.S. 路易斯协会"的机构。他说,路易斯身上既有奥古斯丁的影子,也有伊索的影子。和奥古斯丁一样,路易斯中年才皈依基督教信仰,从一个精通世俗学问的知识分子,摇身一变成为朋友眼中"最信上帝的一个人"。与此同时,路易斯也竭力想要把自己的智性和恩赐用来为真理而战。路易斯像奥古斯丁一样,对上帝满怀着赤子之爱。然而,与写出《忏悔录》的奥古斯丁不同的是,路易斯将自己的情感和渴望深深地埋藏在童话故事的背后。路易斯之所以像伊索,在于他谙熟借用想象力来传递道德教诲的手法。路易斯也是一位善于讲故事的高手,但他和伊索之间仍有不同之处,那就是路易斯不喜欢直白地进行道德说教,而是借用故事去呈现千姿百态的复杂人性。这就使得《纳尼亚传奇》比《伊索寓言》更适合给孩子们阅读。

也有所谓持保守信仰的人士试图去批评路易斯,说他扭曲了圣经上所写的真理。很大的可能在于,这些人没有读懂或者误读了路易斯,他们没有理解路易斯所使用的文学手法、他写作时所怀有的初衷,以及他想要避免的写作风格。路易斯并不是通过将圣经寓言化的方式来进行写作,他并不打算写成《天路历程》的风格,让每一件事物都可以有相对应的属灵内容(毫无疑问,《天路历程》是一部非常伟大的灵修作品)。对于路易斯自己来说,他将自己的作品文体称为"信以为真"(supposal),就是"邀请读者用另外一种方式看待事物,想象如果这是真的,那会怎样"。

例如,很多读者会写信询问路易斯,他是否用核心角色阿斯兰来
指基督。他在《致友札》中这样解释道:

> 如果像班扬的《天路历程》中用绝望巨人来代表灰心,
> 让阿斯兰来指代一位非物质的神明,那么这不过是寓言体的
> 形象。但事实上,我是用阿斯兰去激起人的想象力来回答这
> 样一个问题:"如果存在一个如同纳尼亚一样的世界,而基
> 督也选择在那个世界中道成肉身、受死、复活,正如在我们的
> 世界里所做成的一样,那么,基督会是什么样子呢?"

《纳尼亚传奇》出版后,很多小孩子都陆续写信给路易斯,提
出各种各样有趣的问题。有个小男孩说,他很担心自己太喜欢阿
斯兰,是否会让自己陷入到偶像崇拜中。路易斯非常耐心地回信
给这个男孩子,探讨地说:"你喜欢阿斯兰的原因,是否正是因为

他做了什么?而阿斯兰在纳尼亚所做的,正是基督在这个世界所做的。"

与路易斯的其他护教学作品(如《返璞归真》《四种爱》等书)相比,《纳尼亚传奇》的几个故事具有一种"非护教性的福音性"。麦格拉思说,《纳尼亚传奇》实际上可以被视为是"一个神学案例",它远不是要回答一些问题,而是激发我们去思考和提问。需要我们这些读者自己得出答案,而不是被动去接受那些固有的神学观念。路易斯用"展示"的方法让我们看到真理,而不是像其他的护教作品一样,用"论证"的方法去试图通过证明来让人接受。在路易斯其他的护教学作品中,你可以发现一位思维缜密的路易斯。在他的自传体作品(《痛苦的奥秘》《卿卿如晤》《惊悦》等书)中,你可以感受到一位情感丰富、不能自已的路易斯。而在他的童话故事中,你却拥抱了一位将文学想象力与神学想象力结合在一起、具有孩子般纯真的路易斯。他也将自己的亲身经历,编织进这些童话中。例如,在《魔法师的外甥》中,那一位担忧病中母亲的男孩狄哥里身上就有路易斯幼年时的影子。

作为牛津中古文学教授,路易斯从众多富有想象力的文学作品中借鉴了一些手法,将传统基督教价值观交融在其中。读者可以从《狮子、女巫和魔衣橱》中感受到《爱丽丝漫游仙境》的视角,从《黎明踏浪号》中品味出古希腊史诗《奥德赛》的情节。在《魔法师的外甥》一书中,阿斯兰用歌声创世,让泥土中冒出鼓包、生出各种生物的场景,很像麦克唐纳所写的《莉莉丝》的一幕。这些经典场景,让七个故事成为读者充分发挥想象力的处境,其中传递的信仰价值观,则更加令人神往。

亲子阅读和灵命塑造

在英语世界,有信仰的家庭亲子阅读《纳尼亚传奇》已经成为一种社会风俗。也就是说,一代人给下一代人阅读、介绍这七个故事,已经成为一些西方家庭的属灵传统。很多成年人会与自己的孩子重温这些曾经陪他们长大的故事。这些故事不仅是孩子所喜爱的,连成年读者也能从故事中得到更深的体会。正如路易斯自己说过的,好故事的试金石就在于,它是否能够被反复阅读。这一系列的故事,既适合儿童,也适合有文学造诣的成年读者。路易斯本人也鼓励读者先以孩子的视角进入他的故事中,因为围绕纳尼亚王国和阿斯兰发生的事,会让孩子们感到愉悦,丝毫不会因为他们不熟悉一些寓意和神学思想,而让孩子们感到隔阂,也不会让人在阅读时生搬硬套教义,从而影响了阅读体验。

对于成年人,这些故事值得反复咀嚼,细细品味。这个系列并不会因为充满了孩子们的对话和魔法,就丧失了神学思考的深度。连路易斯自己也说,"一本儿童读物如果只有儿童才能阅读享受,那它就是一部糟糕的作品。"他提到,自己成年以后读一些童话故事,会比小时候更加入迷。惠顿大学校长莱肯(Philip Ryken)曾这样赞赏《纳尼亚传奇》:"我生病的时候,总要再重读完一遍《纳尼亚传奇》(不管是按时间顺序或按写作顺序),这段在家休养的时间,才能够让我心满意足。"著名记者斯普夫德(Francis Spufford)也是从幼年开始读《纳尼亚传奇》,因此而影响到了他后来的职业生涯。他在回忆这些故事对自己的影响时说:

在纳尼亚的世界中,路易斯造出一些我所渴望的事物,让我的渴望有了具体的形式,是我自己想象不出来的,但它们却又好像是完全对的:他期望带给我的喜乐,是一种**不属于这个世界的亲密**。我瞬间就发现了它们,它们表达出了我的渴望……当我读其他书的时候,我总是盼望找到一种读《纳尼亚传奇》时所感受到的光芒。一旦感受到,就无法忘怀。

亲子阅读《纳尼亚传奇》,有很多层面的益处。首先,除了有益于孩子的想象力之外,它还培养孩子去想象那眼目所及之外的超自然存在。做父母的会观察到:大部分孩子在年幼的时候,很自然地就喜欢有魔法、神秘或超自然情节的故事,孩子们对超自然的事物有天然的"胃口"。对于神秘感的渴求,是人具有宗教性的一个方面,是人与生俱来就有的特性,它引导我们去寻找一种超越这个世界的美好和真理。"纳尼亚世界"是路易斯所呈现的一个与英国社会日常生活一样真实的世界。"纳尼亚世界"挑战现代人理所当然以为的"世界都只是物质的"假设(他在《魔鬼家书》中也挑战了这一点)。靠着想象的翅膀,路易斯挑战读者对未知世界保留一种谦卑和开放心态。麦格拉思谈到,纳尼亚的叙事可以"让一个祛魅的世界,再次富有魔力",帮助我们反思世俗化社会中的物质主义。今天,对于那些成长于后工业化城市社会的孩子,我们可以给他们讲一个故事,这本身就是一件美好的事情。这个故事是发生在一个没有汽车、没有电脑游戏的世界里的,而那个世界也特别可爱真实,人们在那个世界中所经历的喜悦与软弱,如同我们在这个世界所经历的一样。因为在那个世界中,恩典的降临也会和我们这个世界中所发生的事情一样令人感动。

纳尼亚的故事中交织着众多复杂的经历和人性挣扎,兄弟姐妹之间的友情和纷争、家庭关系、政治中的权力斗争、人的渴望和软弱,也告诉了我们什么是忠诚、诚实、贪婪、勇敢,什么是朝圣者的敬虔、盼望和信心。这些都是孩子从幼年就可以学习的社会知识,并可以获得的对人性的洞察。纳尼亚世界中那些能说话的野兽(羊怪、马、老鼠、海狸等),虽然是路易斯想象它们说话的样式和内容,但它们所说的话都折射出真实的人生,有的话甚至比人们日常所讲的更为深刻。路易斯让纳尼亚的野兽都开口说话,赋予了动物们道德感,这里他巧妙地反驳了达尔文主义所理解的人在自然秩序里的意义,也嘲讽了人类认为自己可以在自然界为所欲为的自私和傲慢。人需要尊重动物,同情和照顾动物,这也是具有上帝形象的人作为大地治理者的尊严和责任。好的故事可以将这些主题融会在一起,用想象力作为通往严肃思考的一扇门。这也是为什么,从懵懂孩童到耄耋老人都可以从阅读《纳尼亚传奇》中收获感动、信仰,去思考人生的问题。

纳尼亚的世界观

纳尼亚的故事之所以能够跨越地域、种族和时代而扣人心弦,在于这个系列回应了人的最基本直觉:那就是,我们自己个人的故事和生命的轨迹,应该属于某个宏大的故事;只有当我们看到并了解那个更为宏大的叙事、那幅更为辽阔的图景时,我们才会用一种焕然一新、深入本质的洞察,来理解我们当下所生活的处境。这就是世界观，**它指的是一套具有一致性、整体性的信念和价值观，能够提供人们一个生命的基础，让人将自己的经历融合进去，并且也提供给人们日常行为和生活的基础。**对于路易斯而言，世界观就是"我们头脑中那些习以为常的假设"。路易斯和他的好友托尔金都试图将一种源自圣经的世界观（甚至宇宙观），融入到自己的文学作品中。在托尔金的《指环王》中，他用神话构造出一种神秘的"他者感"（otherness），也就是通过对于奥秘和魔法的描绘来暗示出宇宙间存在一种更为真实的实在，这种实在是人们无法仅仅通过理性就能够理解认识的，所以人应当在这个事实面前真正地学习谦卑，承认在人的理性之外有很多存在是合理的、有确据的。这是一种现实主义的神话文体，它的目的就是超越我们日常生活中所认识的表面现象，指出在此之外，有一个属灵的真实的存在，尽管它和我们日常生活是那么不同。然而，当路易斯和托尔金用中世纪文学中典型的神话元素来表现这一现实时，在天马行空的想象中，他们也点燃了人头脑中的理性逻辑思维，激发了人们对于美善、终极意义和价值这些问题的探究。但是这两位作者的写作风格和重点却各有不同：托尔金在《指环王》中更强调权力、欲望这些罪的力量，因此人需要更多的阅历才能够明白其中的道理，而路易斯则更多侧重于展现人高贵的品质和一个更光明的童话世界，让我们思考什么可以称为一个真实的世界，让我们在"天国的影子"中触及到光明和盼望。

文学界的学者们通常将圣经称为一种经典的"元叙事"（metanarrative）。这个元叙事是一个具有宏大图景的故事（即传统基督教神学中的"**创造-堕落-救赎-成全**"的经典叙事），其中又包含着个人的故事和民族的史诗，以及诗歌。路易斯巧妙地将这一经典的叙事结构隐藏在《纳尼亚传奇》中。很大程度上，路易斯借用了圣经作为文学表达的潜台词，而在他童话叙述中则提供一个骨架。在他写的第一本关于纳尼亚世界的故事《狮子、女巫和魔衣橱》中，很显然，有一些章节和圣经中的故事非常相似，如阿斯兰受难和受死的描述。为了我们能够更全面地把握纳尼亚的结构，获得整体上的理解，我们需要梳理一下《纳尼亚传奇》中这条世界观主线的结构：

主题一：创造世界的主，后来成为受难、替罪人而死的救赎主。

《魔法师的外甥》讲述了阿斯兰用奇妙的歌声创造出这个纳尼亚世界，是他使得晨星上升，动物讲话，树木茂盛，并且祝福这片土地，让纳尼亚成为一个自由王国。随后，《狮子、女巫和魔衣橱》却告诉了我们一位不一样的君王：阿斯兰为遵守自己创立世界时所订立下的律法（"高深魔法"），为了把曾经出卖了自己亲兄弟姐妹的埃德蒙从白女巫的奴役下救赎回来，甘愿用自己的性命去换那位"叛徒"的生命；但是当阿斯兰死去之后，他却再一次复活，揭示出了创造纳尼亚之前最为古老的魔法的奥秘。复活后的阿斯兰，也借着口中的气，让一切被女巫荼毒杀害变为石头的生灵也再一次重新获得了生命。

主题二：世界处在善恶之间的属灵争战中。

从《魔法师的外甥》这个故事中，我们可以知道，尽管阿斯兰创造纳尼亚的时候，这个世界是没有罪的，但是罪却因为人的闯入来到了纳尼亚的世界。邪恶不仅仅是一种自我毁灭——女王

毁灭了自己的世界——这种罪也蔓延到其他的世界之中,让整个
社会环境失去秩序,人心变得扭曲。这是始终贯穿于七个故事中
的主题之一,在不同的故事中,邪恶装扮出不同的形式诱惑着纳
尼亚世界的居民和人类。书中告诉我们,当时的英国正笼罩在世
界大战的阴影之中,这也是孩子们会来到纳尼亚世界的一个间接
原因。无论是在纳尼亚还是在英国,人们都面对着战争,不得不
在正义和邪恶中作出选择,必须直面死亡和苦难,去理解这一切
背后真正的意义。

主题三:宇宙中存在一种至善,这种善是具有一个本体的。

我们人类心中存在着对于终极的美和良善的渴望,这种渴望
是无法在我们周围和我们自己身上发现的。从本体论的角度,这
个善一定是一种超验的,超出我们可见、可触摸的这个世界的范
围,却又是一种真实的存在,否则人就不会想到或者渴望这个善。
在纳尼亚中,象征上帝的阿斯兰就是那至善的本体。纳尼亚世界
真正的居民都渴望见到阿斯兰,因为那位狮子是一切的起因,也
是一切的结果,他是故事的开始,也是故事的结束。

主题四:在世界终结的审判中,邪恶最终会被摧毁,至善终
将胜利,此后人们将会进入一个更真实、更美善的永恒国度。

《最后一战》的尾声中,孩子们和动物们在一场决定性的战
争结束后,进入一个崭新的世界。仿佛在攀登无尽的高峰,四处
都是极美的景色,他们心中洋溢着喜乐,而且"在想起这个世界
的生活时……就像人想起一场梦一样"。路易斯似乎将我们带
到了圣经的最后一卷书《启示录》的结尾。

这些交织在故事中的银线,也都是路易斯在《返璞归真》一

书中的主题,借着童话更为生动地摆在了我们眼前。想象的纳尼亚世界让我们更为真实地触及到我们生活世界中最为真实的神圣存在,也鲜活地描述了一位在这个世界中努力向更美好的世界奔走的天路客——他在"已然未然"(already-but-not-yet)的现实世界中经历真实的挣扎、软弱、试探与盼望。

阅读顺序和反馈

我们在阅读时,需要注意到这点:《纳尼亚传奇》的这几个故事,按写作、出版和编年史的不同顺序,有三种阅读顺序。路易斯自己并没有告诉他的读者,哪一种阅读顺序是最好的。他曾在序言中暗示说读者应从《魔法师的外甥》开始阅读,但后来路易斯又专门澄清说,他自己并不认为是这样。他比较倾向于读者先从《狮子、女巫和魔衣橱》这个故事,进入到纳尼亚的体验中,因为毕竟他是从这一本书开始写的。从很多评论家的分析来看,按编年史顺序来阅读,的确会带来一些困难。因为在《魔法师的外甥》中关于人类第一次进入纳尼亚的情节,与《狮子、女巫和魔衣

写作顺序	出版顺序	编年史顺序	推荐阅读顺序
1.《狮子、女巫和魔衣橱》	1.《狮子、女巫和魔衣橱》	1.《魔法师的外甥》	1.《狮子、女巫和魔衣橱》
2.《凯斯宾王子》	2.《凯斯宾王子》	2.《狮子、女巫和魔衣橱》	2.《魔法师的外甥》
3.《黎明踏浪号》	3.《黎明踏浪号》	3.《男孩与能言马》	3.《凯斯宾王子》
4.《男孩与能言马》	4.《银椅》	4.《凯斯宾王子》	4.《黎明踏浪号》
5.《银椅》	5.《男孩与能言马》	5.《黎明踏浪号》	5.《男孩与能言马》
6.《最后一战》	6.《魔法师的外甥》	6.《银椅》	6.《银椅》
7.《魔法师的外甥》	7.《最后一战》	7.《最后一战》	7.《最后一战》

橱》中所交待的有一些出入,原因就在于后面一本书是先写的。
这两本书中对阿斯兰之来源的描写,也有不一致的地方。《男孩
与能言马(会说话的马)》与《狮子、女巫和魔衣橱》中的事件时
间,也是重叠交错的。

本书每一章都是对《纳尼亚传奇》各卷故事的导读。我们比
较偏向的阅读顺序是以出版顺序为基础,并进行一些调整,也就
是表格中的"推荐阅读顺序"。这样去阅读,主要有下面几个
原因:

(1)当读者读完《狮子、女巫和魔衣橱》,进入救主第一次降
临、受死的叙事后,教授在故事的结尾成为一个谜,会在下一个故
事中揭开;

(2)《魔法师的外甥》的主角狄哥里,正是第一个故事《狮
子、女巫和魔衣橱》中的教授。在《魔法师的外甥》中,读者了解
到阿斯兰如何创造了纳尼亚世界,邪恶的女巫为什么会进入到刚
刚被阿斯兰创造的美好的纳尼亚世界中,将会以倒叙的阅读方
式,了解到第一个故事的起因;

(3)《凯斯宾王子》《黎明踏浪号》《银椅》《男孩与能言马》
这几个故事,距离阿斯兰的受死、复活,已经有一段时间。阿斯兰
不常出现在纳尼亚,邪恶装扮成不同的形式威胁着纳尼亚人对阿
斯兰的信仰。纳尼亚人虽然相信,却不能用眼睛看见;他们虽然
心怀盼望,但阿斯兰拯救的日子,似乎遥遥无期。读者会感受到
在第一次救主来临和期盼他再次到来之间的那段时间中,纳尼亚
世界存在着一种张力;

(4)我们之所以建议读者先阅读《男孩与能言马》,再读《银

椅》，是因为后面一本书中提到《能言马与男孩》的故事，正如路易斯写作的顺序一样；

（5）《最后一战》是整个故事的尾声，自然而然，我们应放在最后进行阅读。

此外，需要提及的是，路易斯在发表了这一系列作品之后，也引发了一些争议。作为路易斯的好友，《指环王》作者托尔金曾批评路易斯所写的故事情节存在着前后不一致，而且说他太过于草率仓促地写完整部作品（第一本起笔于1939年，最后一本落笔于1952年），从而使得这个系列缺乏思想深度。在托尔金看来，《狮子、女巫和魔衣橱》中不应该安排出现圣诞老人这个角色。他还认为，路易斯借鉴了一些他的创意，编织到了纳尼亚的故事中。路易斯曾对一位友人说，他因托尔金的批评反馈觉得有些难过。然而，也有其他研究中古文学的学者指出，事实上，在路易斯的几个故事之间，隐藏着更为深层的一致性，这种一致性被路易斯用中古象征主义的写作手法淋漓尽致地表现了出来。无论怎样，对于路易斯这部系列作品的欣赏和批评，都曾经是文学界和神学界的讨论热点。

魔法与想象力

随着《哈利波特》流行的热潮，一些基督徒读者开始质疑有魔法情节的儿童读物，这也牵涉到了《纳尼亚传奇》和《指环王》：这些书是否有益于培养、塑造孩子的心灵。在这点上，我们需要认识到，这两位基督徒作家用文学手法所描述的魔法，和《哈利波特》中的巫术魔法是有本质区别的。要知道，在文学作品中，

"魔法"是童话、爱情题材和神话中常见的文学元素。路易斯使用魔法，主要试图达到的效果是让超自然的事物被视为是真实的（比如阿斯兰的超验能力、一个不可见的属灵世界的存在）。而且，路易斯笔下的魔法，是存在于另外一个世界的，并不在当下的英国世界（英国象征着一个祛魅的、后现代的、物质主义的世界）。正如另一位基督教思想家薛华（Francis Shaeffer）曾说过的，"基督徒艺术家不需要害怕幻想……基督徒最应该是那个有想象力飞到星星上的人。"基督徒作家若合宜地使用"魔法"作为文学元素，来传递超自然实在的理念，是完全不同于世俗作品中那种因好奇而支配超自然力量的元素的。因此，我们不能简单认为，描写了魔法的书都表达了同样的主题和志趣。相比之下，魔法在《哈利波特》占据了主要位置，让读者着迷于如何在当下世界中使用魔法（多是念咒语、占卜等）。

　　关于这一点，我们可以举一个例子加以说明。在《纳尼亚传奇》第六部《银椅》中，当几个孩子希望用咒语回到纳尼亚时，去过纳尼亚的尤斯塔斯说，"我不认为他（阿斯兰）会喜欢这样做。这好像是我们非要让他做什么事。但实际上，我们只能求问他。"路易斯的意思是，纳尼亚世界中的魔法只让人做一件事：在有需要的时候寻求阿斯兰的帮助。一切环境都是阿斯兰安排的，人不能借助自己的力量或魔法来改变环境。人肉眼也许看不见他，但他是全知、全在、全能的，也回应他子民的呼求。路易斯借着尤斯塔斯的口，讲出了一种对超自然力量的敬畏。

　　在今天这个被视觉媒体主导的感官世界中，我们的想象力常常被看似天马行空的虚幻世界的想象所限制，很多人只能够浸泡在非真实的虚幻中得到满足。例如，人们沉迷于虚拟电子产品，往往因为我们不愿意面对一个真实的世界，而用虚假的满足感去逃避现实。这就好像在纳尼亚世界快要结尾的时候，一群没有盼望、只相信自己的矮人们，在面对阿斯兰所摆设的美妙宴席时，看到的却是肮脏的泥土，他们没有信心，也无法想象会有那样美好的事情发生。然而，好的想象力不是将我们带入到虚幻中无力自拔，而是让我们从现实世界中看见一个更为真实的世界，一个活泼的盼望，一个永不会厌倦的旅程。与那样一个真实世界相比，即使当下世界中的美好，也不过只是那美事的"影子"。作为成年人，我们有时会羡慕孩子，因为他们有单纯的信心，去想象那更美好、更有盼望的事情，在刹那间看到那更伟大的永恒。今天，你和你的孩子可以一同拿起这套书，开始一场对美善之国的想象之旅。这个想象不是将我们从这个世界带入到虚幻中，而是陪伴我们走向一个更真实的世界，开始踏上那真正令人喜悦的旅程。

第一部分
故事中的故事

《狮子、女巫和魔衣橱》
石桌上的代赎

惟有基督在我们还作罪人的时候为我们死，
上帝的爱就在此向我们显明了。

——《罗马书》5：8

在《纳尼亚传奇》七册中,《狮子、女巫和魔衣橱》①这个故事最为读者所熟悉和青睐,也流传最广,因此也被称为"传奇中的传奇"。这是路易斯最先写成的书,然而若按纳尼亚编年史的顺序来算,则是整个系列中的第二个故事。尽管如此,我们仍建议读者从这个故事开始阅读,因为这本书可以视为《纳尼亚传奇》整部作品的精髓。

四个英国孩子在一个古宅的大衣橱里发现了纳尼亚世界,这一幕成为当代儿童文学中的经典情节。从故事一开始,路易斯就邀请读者在熟悉四个孩子的性格之后,开始有分辨地探求一些神秘的问题:究竟衣橱里有没有一个叫纳尼亚的世界?到底哪一个孩子说的是真话?要解答这些问题,对人的诚实作出判断,读者需要跟随作者的叙述一步一步去发现。这一叙事方法很适合小孩子,他们会觉得自己也参与到故事中去。相比之下,另外一部经典儿童作品《绿野仙踪》会直截了当地告诉读者,哪一个角色是善的,哪一个是恶的。但路易斯笔下的各个角色更为复杂,他让读者自己对每一位作出判断。在发现魔法衣橱的探险中,读者们就被邀请进入了一场对善与恶的思考和探究中。

---

① C. S. 路易斯:《狮子、女巫和魔衣橱》,毛子欣等译,人民邮电出版社,2015 年。

这个故事的高潮就是"更高深的魔法"(狮王阿斯兰代替叛徒埃德蒙流血、受死又复活),直接传递了救恩和福音的信息。善与恶的争战、真实与虚假、背叛与悔改,也在这本书中生动地展现出来。路易斯不仅将救赎用富有想象力的方式演绎出来,也借着四个孩子的经历、思考和谈话,对人性进行拷问。我们用以下几个主题来对全书进行一次梳理。

🦁 迫切盼望并等候

当露西第一次从衣橱进入被冰雪覆盖的纳尼亚时,她在森林中遇见了打着伞的羊怪。从这个新朋友口中,露西得知,一位邪恶的女巫控制了整个纳尼亚,让那里一年到头都是冬天,甚至不让那里的居民过圣诞节。对于露西以及小读者来说,夺取圣诞节实在是非常过分的。后来露西第三次进入纳尼亚时,海狸夫妇也提到,这个阴暗寒冷的冬天已经持续了几代人的时间。

处于女巫统治下的纳尼亚世界,不仅在气候上冰冷寒酷,恶的侵入甚至也让一些生物在道德上败坏了。女巫正在试图辖制它们成为自己的帮凶,连森林里的一些树也都成为了她的密探,监视着大家的言论和一举一动。凶恶的野兽效忠于女巫,组成了一个秘密警察部门,常常逮捕一些不服从的动物。尽管如此,大部分生物仍翘首等候狮王阿斯兰归来,因为只有他才能让纳尼亚世界重回昔日美好的景象。等候是需要信心和盼望的。海狸夫妇象征邪恶世界中仍持守真信心的上帝子民。它们不与邪恶妥协,翘首期待阿斯兰回归的消息。一旦听到阿斯兰的召唤,它们就义无反顾地跟随。

　　冰天雪地中的纳尼亚与露西来自的世界（二战中的英国），都处于这种等候的状态中："受造之物切望等候上帝的众子显出来。但受造之物仍然指望脱离败坏的辖制，得享上帝儿女自由的荣耀。"（罗8：19,21）孩子们进入的不是一个童话世界，而是同一场属灵争战。他们所盼望等候的，也是同一个即将显现的拯救者。"上帝的儿子显现出来，为要除灭魔鬼的作为。"（约一3：8）

🦁 心里的争战

善与恶的争战不仅在气候、环境中表现出来,也在动物和人的内心发动。当羊怪遇见露西时,它曾计划将女孩交给女巫。但正在施行这计划时,他受到自己良心重重的责备,甚至为自己所做的恶事,眼泪流成一片。书中是这样叙述的:

> 羊怪棕色的眼睛里已经噙满了眼泪,泪水沿着脸颊一滴滴往下淌,很快从鼻子底下滚落下来。最后他双手掩面,号啕大哭起来。……"呜呜呜!"图纳斯先是抽泣着说,"我哭,因为我是只坏羊怪。"……"我的老父亲,瞧,"图纳斯先生说,"壁炉台上面就是他的画像,他绝不会干出这种事来。"
> (第19—20页)

正如《哥林多后书》7:11所说的,"依着上帝的意思忧愁,从此就生出何等的殷勤,自诉,自恨,恐惧,想念,热心,自责,在这一切事上你们都表明自己是洁净的。"悔改之后,羊怪立刻决定要

帮助露西秘密逃跑。

　　在熟悉他们的哥哥姐姐眼中，露西一直是个正直诚实的小孩，而埃德蒙却比较诡诈、缺乏同情心，在学校欺负年纪小的孩子，在家里也总嘲笑讥讽妹妹。当埃德蒙在纳尼亚遇见女巫时，他的贪欲被恶人利用，让他失去了对善恶的分辨。《箴言》23：2—3 说："你若是贪食的，就当拿刀放在喉咙上。不可贪恋他的美食，因为是哄人的食物。"路易斯详细地刻画了埃德蒙吃土耳其软糖的感受：

　　　　土耳其软糖全吃完了，埃德蒙的两眼直勾勾地盯着空盒子，希望女王能问他是否还想再吃一些。女王非常清楚他的想法，因为这是被施了魔法的土耳其软糖，一旦尝过，就会越吃越想吃，一直吃到被毒死为止。（第 27 页）

　　土耳其软糖是罪的诱惑，一旦埃德蒙吃了这诱饵，世上其他食物就变得平淡无味。正如《彼得后书》2：19 所说的，"人被谁制伏，就是谁的奴仆。"埃德蒙成了土耳其软糖和女巫的奴仆，他出卖了自己。他的悖逆和缺乏真诚，从脸上的神情显示出来。埃德蒙对罪的上瘾，让在纳尼亚住久了的居民一眼就看出来了。

　　　　海狸先生说，"他已经见过白女巫了，并且已经叛变了，他也知道她的住处。刚才我不想提，因为他是你们的兄弟，不过第一眼看到他，我就知道他'不可靠'。他脸上有一种表情——只有见过白女巫、吃过她东西的人，才会有这种表

情。如果在纳尼亚待久了，你们会根据人们的眼神对他们做
出判断。（第 66 页）

　　罪是里应外合、一步一步在人心中做巢的。埃德蒙的心思欲
望，被土耳其软糖和做纳尼亚国王的虚假承诺所勾引。当海狸夫
妇用丰盛的美味招待四个孩子时，他却心里刚硬。他听到阿斯兰
的名字就"有一种神秘而且恐惧的感觉"，但其他人的感觉却是
"神秘而美好的"，这一反差让他觉得自己被海狸夫妇以及他的
兄弟姐妹们轻看。他不省察这是自己的罪造成的，反而自欺地在
心里为邪恶的女巫辩护：

　　他心里暗想，"所有说她坏话的人都是她的敌人，也许这些坏话里有一半是假的。不管怎么样，她对我很好，比他们对我好多了。我希望她是真正的合法女王。无论如何，她比可怕的阿斯兰好多了。"至少，在脑子里，他为自己的行为找到了借口，尽管这不是很好的借口。其实在他内心深处，他非常清楚——白女巫又凶狠又残酷。（第70页）

　　被罪蒙蔽的人常常会将善恶颠倒，或者，他并不在乎这样做有怎样的后果。自欺和心里刚硬，让他将目光投向白女巫的阴森古堡。圣经说："各人被试诱,乃是被自己的私欲牵引、诱惑的。私欲既怀了胎,就生出罪来;罪既长成,就生出死来。"(雅 1∶14—15)当埃德蒙投奔女巫之后,他就开始品尝到自己犯罪的苦果。女巫此前所承诺埃德蒙的,都被证明是赤裸裸的谎言。她甚至用饥饿、寒冷、打脸来虐待埃德蒙,致使他奄奄一息。女巫没有一点同情心,她甚至还折磨拉雪橇的驯鹿。只有在这个时候,埃德蒙的眼睛才被打开,看到女巫真实、邪恶的本相。

🦁生命的改变

在最危急的一刻,阿斯兰救了他。不仅如此,阿斯兰还使他不再因曾经的背叛而承受罪疚和旁人的责备,甚至嘱咐他的兄弟姐妹们不要再提他变成叛徒的事,仿佛一切旧事都已经过去,眼前的埃德蒙是一个全新的人。阿斯兰有赦免罪恶的权柄,人就不

能再追究了。(《以赛亚书》43：25，"惟有我为自己的缘故涂抹
你的过犯，我也不记念你的罪恶。")几个孩子很快就和好了。不
过此时，他们并没有意识到，埃德蒙所犯下的罪，需要偿付极大的
代价，而阿斯兰决定要独自承担这一后果。

　　傲慢邪恶的女巫用统管着纳尼亚的"高深魔法"来质问阿斯
兰，说他不能不付代价就释放一个叛徒，因石桌正是这位创造主
所立下的"高深魔法"，对所有人都有约束力，不可违背，即使是
阿斯兰自己也不例外。苏珊建议阿斯兰不用遵守这规则，但却被
阿斯兰严厉地否决了。虽然女巫以此咄咄逼人，埃德蒙却没有显
出惧怕，这时的他，已经变成了一个新人。路易斯用埃德蒙的目
光写到这个男孩的改变：

> 　　"你身边有个叛徒，阿斯兰。"女巫说。在场的人都知道
> 她指的是埃德蒙。但埃德蒙有了这次经历之后，特别是早上
> 跟阿斯兰谈话之后，已经不再只考虑自己了。他只是一直望
> 着阿斯兰，似乎并不在意女巫说的话。
> 　　埃德蒙站在阿斯兰身边，眼光一直没有离开过阿斯兰的
> 脸。他有一种窒息的感觉，不知道自己是否应该说点儿什
> 么。但是过了一会，他感觉自己应该做的只有等待，等待阿
> 斯兰的吩咐。(第 109—111 页)

　　埃德蒙坚定地注视着这位拯救他脱离恶者和死亡的狮王。
他的眼光显出信靠，这信靠来自于他此前的失败和惨痛教训。他
曾经自信自负，差点将自己的性命断送。如果说只有一样东西是

可以抓住的、是稳固的，那就是曾经救他出险境的阿斯兰。这位让他曾经觉得神秘又惧怕的狮王，现在成了他的灵魂之锚。他心中一定也感受到在狮王身边的那种神秘又美好的感动。连露西也感受到埃德蒙的改变，不仅他所受的伤被医治，连他的模样也改变了：这个以前爱撒谎、欺负小孩子的男孩，现在会真诚地用眼睛注视别人了。约翰·牛顿曾用一首经典赞美诗《奇异恩典》，表达出一个人生命被翻转的感受：

> 奇异恩典，何等甘甜，
> 我罪已得赦免；
> 前我失丧，今被寻回，
> 瞎眼今得看见。

埃德蒙的经历，继续在《纳尼亚传奇》后面几卷书中发挥出影响力。在《黎明踏浪号》一书中，当尤斯塔斯经历重生之后，埃德蒙也坦诚地告诉他，自己曾经走过同样的回转之路。此后，埃德蒙成为一个比圣经中的彼得更严肃和安静的男子，在判断和劝诫上都很有智慧，因此被称为"公义王埃德蒙"。

奥古斯丁和他身边的朋友，也曾经历过如同埃德蒙那样的对罪的沉迷。在《忏悔录》第八卷中，奥古斯丁回顾这些事情的时候写道：

> 人们对于一个绝望的灵魂从重大的危险中得到拯救，远比对那始终有得救希望或仅仅遭遇寻常困难的灵魂，更是觉

得欢喜快乐,这种心情从何而来呢?你,慈悲的天父,你对于一个罪人的悔改,远比对九十九个不需要悔改的义人更加欢喜。我们怀着极大的喜乐,听到牧人找到迷途的羔羊,欢欢喜喜地背负在他肩上归来,看见妇人在四邻的相庆中把找到的一块钱送回到你的银库中。读到你家中的幼子死而复生,失而复得,我们也为之喜极而泣,来参加你家庭的宴席。这是你在我们心中,在具有神圣之爱的圣天使心中所享有的快乐,因为你是始终不变的,你永永远远看顾一切有始有终、变化不定的事物。

舍命与复活

　　然而,埃德蒙不知道的是自己所犯的过失,真正要付出什么样的代价:这个代价就是阿斯兰将要代替他这个不配的人,被羞辱地绑在石桌上,被凶残的女巫用刀杀死。在这一情节中,路易斯没有安排埃德蒙在场,而是让露西和苏珊亲眼目睹了阿斯兰经历死亡的痛苦,以及那复活的神迹,去见证这件伟大的事情。让两个姐妹吃惊的是,威严的狮王将自己交给女巫和凶残的帮凶,任凭它们羞辱和折磨,却没有丝毫反抗,如同任人宰割的羔羊。那时,阿斯兰不仅被剪掉鬃毛,还被邪恶的怪物嘲笑、虐待,它们甚至称阿斯兰是可怜的小猫。夜幕越发深沉,黑暗笼罩着大地,她们内心中好像感到邪恶战胜了正义。至善至高的狮王居然被女巫用刀结束了生命!而且这些事情的发生,埃德蒙这个当事人却一无所知,他不知道阿斯兰为了自己牺牲了宝贵的威严和生命。露西和苏珊的心被惊恐和悲伤紧紧地抓住,不能自已。

她们双双跪在湿草地上，亲吻他已冰冷的脸，抚摸他漂亮的鬃毛——被剪剩下的那点儿毛——大哭起来，直到再也哭不出来。她们彼此对望了一眼，那种凄凉无助之感使两人又牵手大哭起来。接着，又是一阵沉寂。……

这时，她们身后传来震耳欲聋的爆裂声，像一个巨人绷裂了铠甲。

石桌在那声巨响中从头到尾裂成了两半。（第121—124页）

在她们亲眼看见石桌裂开之时，那位死去的狮王阿斯兰居然重新站在她们面前，是可以触摸到、可以感受到的那位威严的君王。阿斯兰亲口说出了一个亘古以来隐藏着的更深的奥秘。原来，在创世之前，这位创造主除了立下"高深魔法"作为统治纳尼亚世界的道德法则，他还曾确立了一个"更高深的魔法"：当一位无罪的牺牲者愿意为一个叛徒付上生命的代价来换回这个叛徒时,代表高深魔法的石桌就会裂开,死亡就会被逆转,牺牲者就会复活。女巫利用阿斯兰对高深魔法的尊重(《希伯来书》9：22："若不流血,罪就不得赦免";《罗马书》6：23"罪的工价乃是死"),想出诡计让阿斯兰去死。她以为自己的计划完美无缺,自己就要成为支配纳尼亚的主人,但在创造纳尼亚之前就存在的阿斯兰(是他创造了纳尼亚),是不会被这个世界的死亡所辖制的。正如在圣经中,上帝也是"特要借着死,败坏那掌死权的就是魔鬼"(来2：14)。

路易斯通过讲述阿斯兰从死中复活,帮助读者用一种新的视角理解"高深魔法"。此前女巫只提到石桌是从古时就用来处决叛徒的地方,象征着律法的严酷(《罗马书》7：9,11,"诫命来到,罪又活了,我就死了。……罪趁着机会,就借着诫命引诱我,并且杀了我"),但阿斯兰在创造纳尼亚世界之前,就预备了一种更高深的法则,远超越自然的法则和人世间的法律,那就是代赎恩典的奥秘。尽管女巫所代表的邪恶力量非常强大,笼罩着纳尼亚大地,但她是有限的,无法胜过创造主的智慧和能力。

当打败邪恶的女巫之后,阿斯兰要为埃德蒙授予王位,这时露西询问苏珊,埃德蒙是否知道阿斯兰曾经代替他被杀死的事,并且在知道埃德蒙对此一无所知时,继续追问需不需要告诉他。苏珊认为,如果告诉埃德蒙这件事,可能会让他觉得太可怕了。但是露西却不这样认为,她认为埃德蒙应该知道这件事。路易斯在这里埋下伏笔:阿斯兰为埃德蒙受死、复活,对于露西来说,无疑是一个天大的好消息。所以,她觉得应该让埃德蒙知道。令人遗憾的是,尽管苏珊和露西一同见证了阿斯兰的复活,苏珊却并没有真正理解这件事的意义,而是觉得可怕,甚至不愿再提及。同样一件事情,苏珊因为没有"真实的信心"去洞察这福音中"死人复活"的深意,所以并不清楚这是一个让人欢喜的好消息。

预言和实现

在复活后,阿斯兰来到女巫的城堡。他向那些被邪恶魔法变成石像的生物吹气,整个城堡中的石像(如同《以西结书》37:5描述的枯骨复活那一幕)瞬间都恢复了生机,最终万物都会复苏的预言得到了实现。这些曾经不愿意向邪恶势力屈服而成为石头的纳尼亚人,又有了生命,并且很快他们就成为了阿斯兰的军队。路易斯曾在《返璞归真》里写道:"这就是基督教信仰:这个世界像是一个充满精致雕塑品的商店。我们是雕像,而有一个谣言传来说,有一天,我们中间一些会从石像变成真正的人。"在纳尼亚的故事中,路易斯则将这一复活的盼望,用活生生的画面和故事展现出来,让读者心中生出美好的信靠和盼望。

在读这卷书的时候,好奇的读者一定会对创世之前的奥秘和预言发生极大的兴趣。究竟纳尼亚世界是从哪里来的? 为什么要定下这些魔法的原则? 在经历中,孩子们知道,正是阿斯兰——这位纳尼亚真正的君王和创造者——创造了这些奥秘和法则。每当阿斯兰的名字被提起时,孩子们心中就感受到一种神秘的敬畏感,即便在他们没有亲眼见过狮王时,也是如此。"阿斯兰"这个尊贵的名字,给了信靠他的人无限的安慰和甜美的盼望,却让恶人胆战心惊。海狸先生就向这些亚当的儿子和夏娃的女儿们提到一首亘古流传的预言诗,说的正是当阿斯兰来临的时候,会让一切邪恶止息,一切错误都被纠正。

> 阿斯兰一出现,错误必能纠;
>
> 阿斯兰一声吼,悲伤不再有;
>
> 阿斯兰一露牙,严冬到尽头;
>
> 阿斯兰抖鬃毛,春天又来临。
>
> (第 61 页)

这令人想到《何西阿书》11:10,"耶和华必如狮子吼叫,子民必跟随他。"阿斯兰是良善的,同时又是令人畏惧的。在露西和苏珊初次到海狸先生的家时,有这样一次对话。露西和苏珊想要知道,阿斯兰是什么?海狸先生告诉他们,阿斯兰不是人,而是森

林之王,至高的王,他是一头狮子。苏珊问道:"他安全吗?(言下之意,阿斯兰会不会伤人?)"海狸夫妇告诉他们,任何人见到阿斯兰都会油然而生地感到敬畏,阿斯兰不是安全的,但他却是完全良善的,他是至尊的君王。阿斯兰不是一只被驯化的猫咪,他不能被人掌控或操纵,因为他是创造之王;他也透视人心中的恶,要除掉人里面的邪恶,所以他很凶猛,让人畏惧。在本书中,突出了阿斯兰是救主、代赎者、得胜的君王和至善的化身。预言还有一部分涉及这四个英国孩子,将他们称为"两个亚当的儿子和两个夏娃的女儿"。古老的预言说,当阿斯兰到来,而他们四人也坐上宝座时,就是女巫被毁灭之日。当露西第一次到纳尼亚时,羊怪就提到这个关于人类与阿斯兰一起消灭邪恶的预言。女巫也好奇地与埃德蒙确证他们是否正好有四个兄弟姐妹。预言在细节上的实现,暗含纳尼亚在一种神圣护理之下。这一情节也暗示阿斯兰实际上主宰着不同的世界,因为是他将四个孩子在合宜的时候从英国带进纳尼亚世界中的。在其他几个故事中,阿斯兰也用其他方式将他们召唤回纳尼亚,而且都是在危机时刻,让他们成为一同护卫纳尼亚的战士。

何为真实?

纳尼亚世界究竟是不是一个真实存在的地方?当露西被她的兄弟姐妹在这个问题上质疑时,路易斯借着老教授的口,阐释了他经典的护教学逻辑:

"逻辑!"教授像是自言自语地说,"为什么学校不教你们一点逻辑呢？只有三种可能——要么你妹妹撒了谎，要么就是她疯了，要么她说的是事实。你们知道她从不撒谎，很明显她也没有疯，那么现在，我们就必须假定她说的是事实，除非有新的证据出现。"（第37页）

熟悉路易斯其他作品的人，读到这里都要会心一笑。他回忆自己归信过程时曾说过一段经典的论证话语：对于耶稣基督，用逻辑推断，只会有三种可能性——耶稣要么是骗子，要么是疯子，要么就真是上帝的儿子。路易斯说，在排除前两种可能性之后，他只能降服于第三个推论。路易斯在《返璞归真》中说，他是因为耶稣的权柄而相信了第三个推论：

> 耶稣所说的话倘若出自一个凡人之口，你就不可能称他为伟大的道德导师，他不是疯子（和称自己为荷包蛋的人是疯子一样），就是地狱里的魔鬼。你自己需要选择，这个人要么那时是、现在仍是上帝的儿子，要么是疯子，甚至连疯子还不如。你可以把他当作傻瓜关押起来，把他当作魔鬼，向他吐唾沫，处死他；你也可以俯伏在他的脚下，称他为主、为上帝。[1]

纳尼亚的真实性是一个信心的试金石。露西从始至终坚信

---

[1] C.S.路易斯：《返璞归真》，汪咏梅译，华东师范大学出版社，2007年，第69—70页。

不疑,显出她单纯的信心和无所保留的信靠。埃德蒙曾为了让露西难堪和掩盖自己的贪欲而撒谎否认,但后来他也经历了彻底的改变。亲身经历纳尼亚世界和阿斯兰的友善,这样的经验让他们不能说自己只是想象出了一个纳尼亚世界。但是,最让人失望的是,尽管苏珊也经历了很多历险,她后来却为了能够被周围的朋友接受,享受此世的欢娱,避免被人误解嘲笑,而选择不再相信纳尼亚的存在(见以后的故事)。

在第一个纳尼亚故事中,露西和埃德蒙经历到了另外一个世界的真实。即便当他们回到英国之后,纳尼亚仍占据着他们的渴望和交谈。路易斯在《黎明踏浪号》一书的开篇就写道,我们大多数人心里都有一个秘密的国度,但很多都是想象出来的,而这四个孩子们的秘密国度却是真实的。

阅读指导

　　如果读者是第一次接触这个故事,或第一次给自己的孩子读这个故事,至少需要通读一遍整本书。你可以用第一部分关于故事情节的问题,来与孩子讨论。第一遍阅读不需要做过多神学上的引导和解释,让孩子自由地沉浸在故事当中。

　　在孩子大致明白了主要故事情节和人物之后,可以与孩子讨论下面第二部分关于神学主题的问题。这里给出的答案,不是让家长或老师僵化地塞给孩子。最好先尽量引导孩子用自己的语言表述出来,然后按答案所提示的,引导孩子思考。

1 关于故事
情节的问题

　　1. 四个孩子为什么要离开伦敦,到教授家里借住?

　　2. 露西是在哪里发现纳尼亚世界的?

　　3. 教授为什么认为露西说的纳尼亚世界可能是真的?

　　4. 你觉得彼得、苏珊、埃德蒙和露西这四个孩子的性格各是怎样的?

5. 羊怪告诉露西,纳尼亚原来是怎样的一个地方?

6. 羊怪为什么后来决定要帮露西逃跑?

7. 当埃德蒙吃了土耳其软糖之后,他有什么变化?

8. 女巫对埃德蒙承诺了哪些事?

9. 女巫后来如何知道是羊怪帮露西逃跑的?

10. 海狸要带孩子们去石桌那里见阿斯兰,是因为它相信一个预言。那是一个怎样的预言?

11. 当孩子们听到阿斯兰的名字时,他们都分别有怎样的反应?

12. 埃德蒙虽然听到其他人说女巫是邪恶的,为什么却坚持仍要去找她?

13. 当埃德蒙从海狸先生家逃走,要去投奔女巫时,彼得、苏珊和露西希望去救他,但海狸认为先去见阿斯兰,才能救埃德蒙。为什么?

14. 女巫和小矮人在追赶其他三个孩子的时候,为什么走着走着停下来了?

15. 女巫为什么要见阿斯兰?她在见过阿斯兰之后,为什么放弃杀埃德蒙的权利?

16. "高深魔法"和"更高深的魔法"分别指的是什么?

17. 当阿斯兰在女巫手下不出声时,藏起来的苏珊和露西看到所发生的一切时,她们是什么样的反应?

18. 阿斯兰是在哪里被女巫杀死的?

19. 阿斯兰复活后,他的样子有什么变化?

20. 阿斯兰是怎样让女巫院子里的石像活过来的?

关于神学
主题的问题

1. 露西为什么一直坚持说纳尼亚是真的,甚至当她的哥哥姐姐都不断怀疑她、不相信她时仍然坚持?

露西真实经历过纳尼亚世界,而且与羊怪图纳斯成为了朋友,这些经历对于她来说是真实的,不能否认。就像你若真实经历过上帝的同在和带领,而他对于你曾像一个朋友那样,你就不能否认他的真实性。

你是否曾经真实经历过上帝呢? 他对于你来说是真实的吗? 如果有人质疑你所相信的上帝并不存在,你会怎样回应?

2. 纳尼亚为什么一直都是冬天?

因为邪恶的女巫篡夺了王位,实施了魔法,让整个纳尼亚失去了生机。你观察到,我们生活的这个世界也充满各种邪恶和苦难吗? 为什么会这样?

3. 埃德蒙为什么会背叛他的弟兄姐妹?

埃德蒙因他自己的私欲(自私和贪恋)被女巫骗了,吃了施过魔法的土耳其软糖。吃过的人会沉迷于不断地想要吃,一直到死为止,这样他的心就成了女巫的俘虏。他不愿意承认自己的罪,而是继续恨恶自己的兄弟姐妹,将邪恶的女巫当成信守承诺的,并主动投奔了女巫。

你心中是否有过埃德蒙的私欲呢? 私欲是从哪里来的? 你曾为自己的私欲,向上帝懊悔、悔改吗? 你觉得是面对自己的罪容易,还是把问题推给别人更容易? 你曾经历过靠着上帝胜过自己的私欲吗?

4. 纳尼亚的居民都在等候什么?

他们都在等候狮王阿斯兰的到来。唯独阿斯兰可以拯救纳尼亚脱离女巫,恢复生机,恢复一种良善的统治。

你知道这个世界也在等候一位救主吗? 他已经来过一次,也正借着教会在这个世界召集他的子民。最终,他也将要再次来临。

5. 阿斯兰为什么既是良善的,又是让人畏惧的? 纳尼亚的居民为什么既爱他,又怕他?

阿斯兰是一切美善的源头,但他作为创造主,能透视人心里的隐秘,一丝邪恶都逃脱不了他的眼目,而且他会追讨罪恶。即便是他所爱的孩子们,他也会指责他们所行的不义。纳尼亚的居民知道,唯独阿斯兰能给这个世界带来真正的公义和平安,但阿斯兰的能力和圣洁,是令人畏惧的。

6. 阿斯兰为什么要遵照"高深魔法",代替埃德蒙而被女巫杀死? 邪恶能胜过良善吗?

创世之前的"高深魔法"是公义的,对所有人都有约束力。按照这一法则,埃德蒙必须被处死,除非有一个无罪的人替他受刑。阿斯兰作为创造主,唯独他有能力胜过死亡,因为生和死的法则都是他制定的,他有超越生死而复活的能力。阿斯兰甘心代替埃德蒙死,拯救埃德蒙免于一劫。良善必定胜过邪恶,因为创造世界一切法则的王是良善的,他能从死里复活,他也有能力胜过最大的邪恶。

7. 阿斯兰是怎样复活的？这说明他是怎样的一个王？

阿斯兰的复活是神迹性的，不是借助任何其他力量，唯独借着他自己的意志。这说明，他不仅是创造纳尼亚世界的王者，而且死亡也掌管在他手里。

8. 埃德蒙的生命是怎样改变的？

埃德蒙先经历了"私欲结出罪之果子"的过程，等他被女巫俘虏后，他满心懊悔，但又无法救自己脱离险境。当阿斯兰的军队救他脱离女巫和邪恶的矮人之后，他又因"高深魔法"对叛徒的约束，再次面临要受到刑罚的困境。阿斯兰只告诉他，一切都不用他担心。他开始注视并信靠阿斯兰，这一注视给了他更多力量。后来，在他还不知情的时候，阿斯兰就在他死亡关头上，代替他受死。露西和苏珊都不知道该怎样告诉埃德蒙：阿斯兰自己曾代替他受了死刑，又复活了。从后来的故事，我们看到，埃德蒙一定是知道了整个故事，因为纳尼亚所有忠信的居民都将这个救主替罪人死而复活的故事，不断传开了。埃德蒙后来的勇猛和公义，都与阿斯兰为他受死有关。

《魔法师的外甥》
纳尼亚的起源

万有都是本于他,倚靠他,归于他。

——《罗马书》11：36

在纳尼亚系列中，《狮子、女巫和魔衣橱》以教授和衣橱为结尾，留给我们很多悬念。教授是否真的知道纳尼亚世界？他究竟是谁？衣橱为什么能够通向纳尼亚？……这些问题都会浮现在我们脑中。直到路易斯创作出《魔法师的外甥》时，他才将这些谜题一一为我们揭开。《魔法师的外甥》[①]一书以倒叙的方式，回到教授和衣橱的起源。这样的阅读顺序，正好满足了读者对创世之谜的好奇。读者会发现，不仅魔法衣橱的起源与这位老教授有关，连纳尼亚世界的起源和女巫的侵入，也与他相关。这位教授就是那位曾经名叫狄哥里的小男孩。

在这个故事里，很多时候，我们能够发现小男孩狄哥里的性格和经历中隐藏着路易斯自己的影子和情感。男孩狄哥里就像幼年的路易斯（路易斯后来也成为教授，而且也接待过从伦敦来的孩子们），也曾经历过内心对盼望怀有一种不可抑制的渴求，因为母亲的重病而恐惧忧虑，为母亲突然地离世而深感绝望。路易斯自己也非常喜欢阅读书籍和探险。有趣的是，魔法师安德鲁，也就是狄哥里的舅舅的原型，也是一位现实中存在的人，那就是路易斯幼年上学的学校里一位严厉的校长。路易斯甚至将自

---

① C. S. 路易斯：《魔法师的外甥》，毛子欣等译，人民邮电出版社，2015年。

己童年记忆中伦敦阴雨绵绵的夏季,也一起带到这个故事里。

魔法实验

当狄哥里初次遇见小女孩波莉的时候,他正因为妈妈病危而难过、沮丧。他也不喜欢住在安德鲁舅舅家,因为舅舅家的房子里总有一些奇怪的事发生。在短暂的相遇和对话后,孩子那强烈的好奇心驱使波莉和狄哥里开始在这栋房子的阁楼里进行探险,他们幻想也许能够发现什么秘密宝藏之类的东西。当来到安德鲁舅舅的房间时,他们在书房里发现了一些不同颜色的戒指,而狄哥里那位热衷于魔法的古怪舅舅也出现了。他告诉孩子们,自己偶然得到几枚有魔力的戒指,但因为担心自己遇到危险,就常拿动物来做实验。

路易斯笔下的安德鲁,代表着一种精致的利己主义和缺失了伦理的科学主义。路易斯讽刺地说,这样的人总让自己显得更愚

蠢,因为他们常常感到自己很成功,能够随心所欲。安德鲁舅舅觉得自己是一位最了不起的魔法师,然而事实上,他却根本不知道自己正在做什么,也不清楚自己做事的后果和需要承担的责任。他只是随着虚妄的兴趣和欲望行事,不仅给自己带来了很多麻烦,而且从来不考虑会给其他人带来伤害和造成更严重的后果。然而,他却无法从自己的愚蠢中醒悟过来,继续活在一种狂妄自大的自信中。

安德鲁故意让狄哥里和波莉发现他阁楼里有这几枚戒指。他根本无视孩子们的生命会遭遇危险,直接用波莉做实验,让女孩瞬间从这个世界消失了。为了救回波莉,狄哥里不得不答应舅舅成为实验对象,带着戒指也进入另外一个世界。当两个孩子进入一片介于不同世界之间的森林中时,他们在好奇心的作用下,突然萌生出一个想法,那就是:与其马上回到英国的生活中,不如趁这个机会,去探索一下其他世界是什么样子的。于是,他们先进入了一个有高大宏伟建筑群的废墟世界。和此前的森林一样,那里寂静无声,太阳似乎也快要熄灭,给人一种阴森的感觉。当进入了一座人如同雕像一样的宫殿时,他们发现这些身穿华丽服饰的人都被施了魔法,以至于长时间都没有腐烂。最后,他们看到一位戴着王冠的女人,她身材高大,表情凶狠狂傲。当狄哥里好奇地读出石柱上的字,且按文字上写的去敲响金钟时,整个大厅都坍塌下来。狄哥里的莽撞闯下了大祸。那个高大的女人被唤醒过来,她说自己曾是统治这个世界的女王贾迪斯。

狄哥里和波莉从贾迪斯傲慢的言论中得知:原来在这个废墟世界中,独裁和皇权曾盛行一时,但却没有保证社会的繁荣和

长久和平,而是让它陷入争战、杀戮和灭亡。贾迪斯和自己的姐妹争夺权力,她甚至疯狂到最终不惜使用最严重的魔法,来毁灭她所统治的整个世界和所有存活的生物,也包括她自己。当她苏醒过来,知道两个孩子来自另外一个世界时,她狂妄地计划要成为统治其他所有世界的女王。这位邪恶女王贾迪斯,后来就是那位妄想统治纳尼亚的白女巫。她对权力意志极度渴望,甚至不惜毁灭任何自己得不到的东西和人。她宁愿毁灭整个世界来获得自己统治欲望的满足,也不愿意放弃丝毫对于统治欲望的渴求。她终身活在一种不安和焦虑中,女王追求统治地上国家的权柄,让各族各民作她的奴仆,却依旧被自己的欲望所统治。她想让所有人都臣服于她,但其实她才是被欲望和罪所奴役。除了权力,她没有任何的幸福,也不会有任何的德行,她时刻生活在被人推翻的恐惧之中。狄哥里询问她，为什么不在乎那些因她发动战争和使用可怕的魔法而死去的人。她的回答却与安德鲁舅舅如出一辙，仿佛那些人和被安德鲁舅舅拿来做实验的老鼠一样，都是用来为她服务的，就算死了，也不值一提，没有丝毫的怜悯。她认为自己可以凌驾于一切道德约束之上，这个世界是为她而存在的。女王的这番谈论，让狄哥里想到了自私的舅舅，一下子对她产生出极大的厌恶。安德鲁舅舅和这位女巫很大的不同在于，安德鲁舅舅虽然自私邪恶，但终究因为能力有限，而只能对少数人造成危害。而这位女王因为有更大的能力，就更容易伤害到更多的人。

当贾迪斯的废墟世界完全坍塌掉时，虽然孩子们绞尽脑汁，试图从这位女王手中逃脱，但她还是抓住两个孩子，与他们一起借着魔法戒指，回到了英国。安德鲁在遇到贾迪斯之后，作了一番自我吹捧，然后竟然开始幻想这个女王是否爱上了他（当女巫不在场的时候）。他此前使用魔法时的愚蠢，到这里已经发展成了一种堂吉诃德式的荒诞。与堂吉诃德一样，安德鲁也始终生活在自己所营造的一种虚假的存在中。女王贾迪斯的愚蠢和狂妄，在英国这个现代社会中淋漓尽致地展现了出来。当伦敦街头众人聚集在路灯下，开始戏谑调侃她是女王时，她竟然鞠躬表示接受人们的称赞，引得大家哄堂大笑。的确，路易斯用这个人物生动地说明，罪会让人变得愚蠢。

被权力欲所充满、又被众人嘲笑的贾迪斯，终于发疯一般地开始宣泄自己的怒气。她试图征服英国这个世界，而且命令安德鲁舅舅做她的奴仆。女王贾迪斯和安德鲁在英国街道上与警察

乱战成一团。狄哥里抓住了贾迪斯的脚后跟,拉上波莉,打算用戒指将女王重新带回到她自己已经毁灭的世界里。万万没有想到的是,安德鲁舅舅和马车夫、路灯等也一同被带了进去。然而,等待他们的却是另外一个不同的崭新的世界。

纳尼亚的《创世记》

　　这是一个称得上"空无一物"的世界,什么都没有,四下一片漆黑。他们好像脚踩着地面,却什么都看不见。他们无论如何也无法想象,自己将要见证一个美丽世界的诞生。路易斯巧妙地将这一幕与《创世记》第 1 章联系在一起,他用独具一格的想象力描绘出"神性创造力"是怎样的。

　　正当这几个人还在黑暗中摸索的时候,突然,远处传来了美妙的歌声。狄哥里觉得那是他听过的最美妙的声音。这歌声之超凡,不仅在于它美妙无比,而且它还蕴育着一股不寻常的力量。当众多声音掺入这个主旋律之时,歌声越来越和谐高昂,又清脆悦耳。然后,惊人的一幕发生了:很多星星开始闪耀在天空,纳尼亚世界的第一个清晨出现了。这就好像"诸天述说他的荣耀,穹苍传扬他的手段"(诗19：1)：

> 他们头顶上漆黑的天空骤然变得群星闪耀。这群星完
> 全不像夏夜里的星星那样，一个个地逐渐出现在空中。相
> 反，刚才还是漆黑一团、没有一丝光亮的天穹，陡然一下变得
> 繁星满天……这些星星和那些众多嗓音是同时出现的……
> 而这群星的歌喉恰恰是被此前那个低沉的声音引出来的。
>
> （第83页）

孩子们和马车夫都在惊奇欢喜地观看光体和群山的出现，唯
独那位邪恶的女王和安德鲁舅舅对这一歌声感到厌恶和惧怕。
女巫是一位破坏者，她只能将已经存在的美好事物毁坏，却从不
具有创造的能力。她本以为自己是所有世界的王，因为她掌握着
强大的破坏性魔法。但从这个歌声中，她能感觉到，这个声音背
后的力量远远大过自己所拥有的，尤其是当万物随着歌声渐渐成
形，新生命以各种形式像含苞初放一样在他们四周呈现活力时。
一个美丽的世界，在歌声中从无到有地被创造了出来。她吃惊且
疑惑：这是怎样的一种能力。

当太阳、泥土、石头和溪流在众人眼前出现时，他们也看到了
歌声主人的本来面目：他是一头巨大的狮子，正在朝着太阳，张
开大嘴放声歌唱。创造纳尼亚世界的，正是狮王阿斯兰。他所用
来创造万物的方法是歌唱。后来，他还用长叹的气息，让各种动
物从泥土中成形。

随着他的走动和歌声,山谷长出了绿草。绿茵像一潭池水在狮子身边蔓延开来,又像浪花一样爬上小山。几分钟后,小草就爬上了远处高山的斜坡,这个年轻的世界每一瞬间都在变得更加柔和。(第88页)

孩子们越观看,就越清楚地认识到这头狮子的歌声和眼前生长的一切之间有怎样的关系。这是多么令人兴奋的一个发现:原来万物都是源自这只狮子本身,正如波莉所说的,周围一切事物都是"从狮子的头脑里面出来的"。路易斯在《返璞归真》一书中也曾写过,万物都是上帝"从他头脑中造出来的",就像一个人想象出一个故事那样。

当狮子转过头来要接近他们时,大人们和两个孩子都吓得直哆嗦。这时候,邪恶的女王居然试图大胆地袭击狮子,但却无法对他产生任何伤害。她的破坏力曾经毁灭过整个世界,现在却一丝一毫无法伤到这样一头狮子。当女巫意识到自己远不是这位纳尼亚创造者的对手时,她惊恐地发出尖叫,然后逃跑,消失在树林中了。

最后,他们还惊奇地发现,从英国带来的路灯,掉下来一块,落入土地中,居然开始生长出一个微小的灯柱,闪亮地发着光。接下来,这个小灯柱开始像树一样越长越高。贪心的安德鲁看到这一幕,大呼起来,说要让这个能够让所有事物都具有生命的地方开放,利用它超凡的商业潜力。安德鲁的贪婪物欲和女巫的暴力一样,丝毫不加以遮掩。他们都代表了一种剥夺自然资源的邪恶心态,但狮王阿斯兰却给自然秩序赋予一种神圣的威严。

狄哥里心中闪过一个念头,他转而问舅舅:"你认为这里有什么东西能治好我妈妈的病吗?"然而舅舅的冷漠让他既失望又气愤。他鼓起勇气决定直接去询问那头狮子。此时,狮子的歌声正创造出更加令人惊奇的一幕。

> 你能想象一片草地像锅里的开水一样冒气泡吗?……圆丘不停地往上拱,不断地膨胀,最后泥土的表层爆裂开来,土块飞溅,每个圆丘里都走出来一种动物……最为壮观的要数那个最大的圆丘的爆裂,简直像发生了一场小型地震,先露出来的是大象山坡一样的脊背……(第95页)

狮子在动物中间走来走去。动物们主动围成了一个巨大的圈,似乎为一场神圣仪式的开始进行预备。动物们面对创造自己

的这头狮子,好像自然就生发出纯真的好奇,都围绕注视着这头狮子。狮子的眼光也注视着这些受造物,他的目光好像为这些生命都注入了一种力量。此时,动物们也发生了变化,不仅在身体上,在心智上它们也好像在努力要理解什么。然后,狮子开始呼出一口气,将动物们都吹动起来。星星也跃动而起,开始唱起歌来。这一幕让孩子们感到自己身体里的血液也沸腾了。

最后,狮子开始说话了:

> "纳尼亚,纳尼亚,纳尼亚,醒来吧。去爱,去想,去说吧。让树走动,让动物说话,让河流变成圣水。"
> ……
> 飞禽走兽们都用或低沉或浑厚或清脆的声音回答:"好啊,阿斯兰,我们听到了你的呼唤,我们顺服你。我们醒了。我们去爱,我们去想,我们去说话,我们去了解世界万物。"

(第 99 页)

纳尼亚世界经历了一个"从无到有"的受造过程,而且有一位创造主精心设计了其中的万物,不仅令万物成形,而且命令它们繁荣发旺。正如人在看到一幅精美的画,不由自主地惊叹画家的技艺一样,人若观察自然界里一切的奇妙和智慧,同样也应惊叹于背后那位创造主的能力和智慧。正如一首古老英国圣诗《一切光明美丽之物》所唱的:

> 一切光明美丽之物
>
> 一切大大小小造物
>
> 一切智慧奇妙之物
>
> 都受造于上帝我主
>
> 每朵绽放的小花瓣
>
> 每只歌唱的小雀鸟
>
> 闪亮的色彩由他所画
>
> 小小的翅膀由他生发

  路易斯通过这一段描写,向读者们提出一个很重要的问题:阿斯兰为什么要创造纳尼亚?路易斯自己的答案是:阿斯兰创造这个世界,只是因为他自己完全的良善美好,他愿意并且喜悦去创造万物,也希望和纳尼亚的动物们都在他自己创造的世界中一起分享这些喜悦。就像阿斯兰对会说话的那些动物所说的:"受造之物们,我赐给你们,是你们自己。"创造主将自由赐给他所创造的动物,只是单单因为他自己的喜悦和甘心乐意。阿斯兰创造纳尼亚的美丽一幕,与孩子们在被女王所毁灭的世界中所目睹的荒芜和恐怖完全相反。初诞生的纳尼亚世界是如此精妙美好,生机勃勃,让人无法想象这是一次从无到有的创造;相比之下,那个被女王私欲和邪恶毁掉的世界,就好像从来不曾存在过一样。

  此后,阿斯兰准许人类作纳尼亚的王,善良的马车夫和他的妻子就成了第一对人类君王和王后。阿斯兰特别命令他们说,人类所拥有的王位是用来服侍万物,而不是对其他动物进行辖制和奴役。纳尼亚世界的动物们不受制于人类,而是自由的纳尼亚公

民。万物虽然有序,呈现出"各从其类"的格局,但却不是彼此支配或竞争,去适应于达尔文主义的适者生存。动物们和人类一样,都属于狮王阿斯兰。除了狮王之外,没有人能够对其他生物享有掌控权,有权剥夺和奴役他人。

路易斯希望用这一段极富想象力的创世叙事,让读者身临其境地感受到创造的喜悦和敬畏之情。现代人对于自然界的理解,已经被降格为一种物质主义、功用主义的版本,而且是以人类自私的欲望为中心,好似宇宙间一切事物都是为人类服务的。但是,基督教信仰却反对这样一种观点。正如圣经不断指出的,自然界展示出一种超自然的层面,一种属灵的力量,其来源是上帝,而上帝是先于物质存在的。

阿斯兰命令动物们要善待和珍惜这个新世界中的一切,不要退化到不会说话的野兽的状态中去。这一点很有趣,会说话的动物生来就拥有自由和尊贵,但犯罪和骄傲会让它们失去原本的尊贵,变成卑贱的哑巴样式。阿斯兰还命令并预言说,动物们要儆醒地去守护纳尼亚世界,因为一个恶魔已经进来了。他指的就是逃跑的邪恶女王贾迪斯。

罪入了世界

罪不是在纳尼亚世界最初受造时所创造出来的,而是从纳尼亚外部侵入进来的。当阿斯兰唤醒动物们,他们听到"邪恶"这个词的时候,并不知道那是什么意思,甚至连发音也说错了。纳尼亚世界受造时充满美善,一旦邪恶从外部入侵,就打破了原本和谐平静的局面。正如一切事物,只要在纳尼亚的泥土中,就会开始有机地生长一样,邪恶女王的势力一开始虽然微弱,却终究会增长。这场善与恶的战争,要在几百年之后才真正展开,也就是《狮子、女巫和魔衣橱》中所讲的那段历史。

在基督教的世界观中,创世之初完全美善,罪后来得以入侵。这是与异教中对世界起源的理解完全不同的。后者常认为,物质世界从起初就带着邪恶。路易斯巧妙地反驳了这种观点。基督教宇宙观需要认识到人与天(属灵世界)、人与地(物质世界)的合宜关系是怎样的。一种世界观若无法让人对创造生出敬畏之情(哪怕它承认创造主的工作),就仍是一种贫乏的世界观。在这里,路易斯激励读者要将物质世界视为一个受造的世界,而且这世界正在呼召读者作出回应,也就是要对创造主作出回应。在路易斯的思想中,创造带出生命,生命必然引向选择,而道德选择就让恶成为可能。这也是延续了奥古斯丁的思想。奥古斯丁在《忏悔录》中写到了关于这点的思考,谈到了恶并不是创造中的本体:

我们看见你所造的一切,因为它们存在,为你,则由于你看见这一切,因此这一切存在。我们用官感看见它们的存在,用心灵看见它们的美好;为你,则如果看出应该创造的东西,便看见它已经存在。

我们先前离弃了你,陷于罪戾,以后依恃你的"圣神"所启发的向善之心,才想自拔。你,唯一的、至善的天主,你有不息的仁恩,我们凭仗你的宠赐,做了一些善行,但不是永久的。我们希望功成行满后,能安息在你无极的圣善之中。你至美无以复加,你永安不能有极,因为你的本体即是你的安息。①

尽管狄哥里是一个勇敢、充满冒险精神的男孩子,但从故事的一开始,他的内心就被悲伤和无助所占据。他的心是"属地的",充满沉甸甸的忧虑和惧怕,因为母亲的病危及父亲远行而感到无尽的忧伤。此外,我们需要注意到,他是寄居在姨妈和舅舅家里,是一位异乡人。那种寄人篱下的感受,对于一个成长的孩子无疑也是一副重担,沉重地压在他心里。作为一个亚当的儿子(正如人类在纳尼亚被称呼的那样),他的状态的确是属于堕落后的亚当。他想要在地上寻找安慰,却找不到。更糟糕的是,他不经意间酿成大错,竟然将邪恶力量,带入到一个刚刚诞生的干净而和平的纳尼亚世界中。

阿斯兰询问狄哥里是怎样把女巫带入这个世界的,男孩一开始还想辩解,为自己开脱。当他看到阿斯兰注视着他时,他知道在这头狮子面前,自己无法隐藏心中的不安和秘密。他也放弃了辩解,不得不承认自己因为愚蠢无知而闯下大祸,连累到纳尼亚这个美丽的新世界。正如其他几个故事中一样,阿斯兰的注视如同在人面前放了一面镜子,让人看到自己真实的面目,无法推脱,迫使人无法寻找自我辩护的借口,并帮助他们脱离罪恶对良心的捆绑,让良善的力量在他们心里继续运作。

阿斯兰转身告诉动物们,既然邪恶的力量是由这位亚当的儿

---

① 奥古斯丁:《忏悔录》,周士良译,商务印书馆,1996 年,第 325 页。

子(人类)带入这个世界的,那么将来也必须由亚当的儿子来帮助纳尼亚消除这个恶魔。这一预言在《狮子、女巫和魔衣橱》中得到了实现。这一预言也就是当羊怪在看到女孩露西时,第一时间想到的那个预言。

跟随安德鲁从英国进入此地的马车夫,是一位内心朴实、善良单纯的人。他亲眼目睹了阿斯兰创造万物时的情景,他爱这个崭新的、生机勃勃的世界,甚至超过了他对故土伦敦的热爱。随后,纳尼亚用吼声将他在伦敦的妻子也带到纳尼亚,满足了马车夫希望一家人团聚生活在纳尼亚的愿望。路易斯描述阿斯兰的吼声时这样叙述:"任何听到这声呼唤的人都想要顺服它,而且也只能服从它,不管中间隔着多少个世界、多少个年代。"接着,阿斯兰让他们两位成为纳尼亚第一任国王和王后,来协助动物们治理这个美丽的新世界。

此后,阿斯兰要求狄哥里为他自己将恶魔带入纳尼亚这个错误承担责任,去做一些弥补的工作。狄哥里答应了。在他心里,他一直期待大能的阿斯兰能够医治自己奄奄一息、躺在床上的母亲。他鼓起勇气去询问阿斯兰,是否有办法医治他妈妈的病。当想到病中的母亲,泪水涌上男孩的眼眶。但是,当他低下头时,他却看到狮子眼睛里也含着大颗的泪珠。

狄哥里顿时感悟到狮子是真的在为他妈妈的事感到难过,比他自己还难过。"我的孩子,我的孩子,"阿斯兰说,"我知道,悲伤的压力是巨大的。这片土地上只有你和我对此深有体会。"(第122页)

通往阿斯兰的国度
C.S. 路易斯《纳尼亚传奇》导读

　　阿斯兰提出的要求,是想给狄哥里一个机会,来纠正他犯下的错,也是为了他自己不被罪和内疚所缠绕,并且通过这些经历让他获得品格的成熟。为了纳尼亚,男孩需要去完成一个简单的使命,就是要穿过一个园子的门,然后采摘一个特别的苹果回来。阿斯兰说,这枚果子可以用来约束邪恶、保护纳尼亚世界。于是,男孩和波莉骑上飞马,去寻找那棵结着闪亮果子的希望之树。让狄哥里出乎意料的是,在那里,他还遇见了一个他最不想见的人。

生命树的试验

　　在狄哥里将要把果子放进自己口袋之前,他被果子所吸引,忍不住看了看、闻了闻。突然,他觉得异常饥饿,以至于他内心涌起了压制不住的冲动,想要吃掉手中这个苹果。狄哥里拼命抵挡自己内心的这种欲望,因为他记得狮王的指令是必须带回去给阿斯兰。接着,他又遇到了一个更大的试探。邪恶的女王(也就是女巫)贾迪斯也出现在那棵树旁边,而且,男孩发现,女巫不顾院门上所写的警告,已经偷摘了树上的果子,并且吃了下去。狄哥里发现,她的样子已经改变了。那个果子有魔力让她变得更强壮有力,而且拥有永葆年轻的面容。

　　女巫进一步试探狄哥里,不是用食欲,而是用男孩心中最大的忧伤——也就是他母亲的病。她告诉狄哥里,这是生命之果,可以让人恢复青春和生命力。就算狄哥里不打算用在自己身上,也必须考虑到自己病中的母亲是何等迫切需要这个果子来延续生命啊。

通往阿斯兰的国度

C.S.路易斯《纳尼亚传奇》导读

　　狄哥里一时觉得难以决定是把果子给阿斯兰,还是应该留给自己的妈妈,他内心陷入痛苦的挣扎中。一方面,自己长久以来一直为妈妈病危而担心难过,真想一下子找到办法,救妈妈脱离病痛。另一方面,纳尼亚因他犯错而陷入极大的危险中,他需要对阿斯兰持守诺言。这时,女巫自作聪明所说的话(她鼓励男孩可以不用顾及好朋友波莉的安危)反而让狄哥里察觉到,鼓励他偷偷将果子给妈妈治病正是女巫的诡计。狄哥里的灵性和力量在这段时间成熟了。他终于抵挡住诱惑,恪守诺言,将果子带回去交给了阿斯兰。

　　奥古斯丁曾说过,顺服是一切美德之母。狄哥里选择顺服,因为他认识到阿斯兰的旨意充满着善意,即便自己还不完全明白。狮王曾经为狄哥里的母亲流下无比晶莹的泪珠,让男孩深深觉得,他不是一位对人类的苦难和伤痛无动于衷的君王。而女巫所试探攻击的一点,恰恰是阿斯兰的良善。但狄哥里坚持说,他向阿斯兰作过承诺,所以不能食言。当狄哥里带回果子见到阿斯兰时,他得到了狮王的赞许和出乎意料的奖励。

　　阿斯兰让男孩将果子种在纳尼亚的土地里,然后给他解释说,假使刚才狄哥里听了女巫的话,把果子带给妈妈,妈妈的病会好起来,但是,他和妈妈永远都不会快乐,反而会活在懊悔和痛苦的折磨中。正如路易斯的一句名言所说:"上帝不会赐给人一种快乐,是没有上帝的一种快乐,因为在这个世界上根本不会存在这么一样东西。"如果狄哥里违背阿斯兰的旨意,即便他妈妈病好了,他心中也不会有真正因顺服而来的平安和喜乐。

　　阿斯兰让狄哥里等着,等一棵新果树重新长出来之后,狮王允许男孩从树上摘下一个果子，带给他病中的妈妈吃。狄哥里就这样做了。最后，两个孩子该离开纳尼亚了。临走之前，他们两人近距离看着阿斯兰，这一凝视成为他们终生难忘的经历：

> 他们感觉自己以前从来没有真正体会过什么是幸福、什么是智慧、什么是美好，甚至没有真正活过、没有真正醒过。后来，那一瞬间的记忆一直伴随着他们。在他们有生之年，只要他们遇到悲伤、恐惧和愤怒，就会想到那个美好的金色瞬间。这种感觉一直存在，而且很近，好像就在某个角落或者某扇门的后面，它会回来，会让他们由衷地相信一切都会好起来。（第153页）

回到英国后，狄哥里把那个苹果给妈妈吃了，之后就把果核种在园子的土地里，果子最终长成了大树。妈妈病好了，狄哥里的父亲后来也从印度回来了，还继承了一大笔遗产，他们一家的境遇好转起来。很多年以后，狄哥里成为一名教授，还继承了家族的老宅。当那棵大树在风暴中被刮倒时，狄哥里就把树的木头做成了衣橱。就连他自己也没有发现，这居然是一个拥有神奇魔力的衣橱。直到四个孩子从伦敦到他家居住的时候，他才明白，这衣橱是一个可以通往纳尼亚世界的门。

阅读指导

　　如果读者是第一次接触这个故事，或第一次给自己的孩子读这个故事，需要至少通读一遍整本书。你可以用第一部分关于故事情节的问题，来与孩子讨论。第一遍阅读不需要做过多神学上的引导和解释，而是让孩子们自由地沉浸在故事中，充分发挥自己的想象力。

　　在孩子大致明白了主要故事情节和人物之后，可以与孩子讨论下面第二部分关于神学主题的问题。这里给出的答案，不是让家长或老师僵化地塞给孩子。最好先尽量引导孩子用自己的语言表述出来，然后按答案所提示的，引导孩子思考。

1 关于故事情节的问题

1. 狄哥里最大的愿望是什么？

2. 两个孩子在安德鲁舅舅的书房里发现了什么？

3. 安德鲁为什么要让两个孩子用戒指进入另外一个世界？

4. 戒指先把狄哥里带到了哪里？

5. 他们在废墟的世界中发现了什么人？

6. 贾迪斯是怎么醒来的？

7. 狄哥里他们是怎样一起进入纳尼亚的？

8. 漆黑的纳尼亚为什么会有歌声？是谁在唱歌？

9. 歌声和万物的生长有什么关系？

10. 女巫是怎样意识到狮子的力量比他强大的？

11. 动物们是怎样被创造出来的？

12. 狮子和动物们是什么关系？

13. 阿斯兰说，恶魔给纳尼亚带来的麻烦要由谁来解决？

14. 谁是纳尼亚世界的第一任国王和女王？阿斯兰对他们有哪些要求？

15. 当狄哥里提到他妈妈时，阿斯兰为什么也流出眼泪？

16. 阿斯兰让狄哥里作出怎样一个承诺？

17. 草莓是如何变成一匹会飞的马的？

18. 狄哥里是如何意识到女巫在用果子试探他的？

19. 狄哥里最后有没有能带回一个苹果给妈妈吃？

20. 狄哥里成为教授后，他家老宅中那个魔法衣橱是由什么木头做的？

2 关于神学
主题的问题

1. 纳尼亚世界创世之前，是什么样子的？

纳尼亚是阿斯兰从无到有创造出来的。在那之前，除了阿斯兰存在之外,都只是一片黑暗混沌。

2. 是谁创造了纳尼亚?他为什么要创造纳尼亚?他用什么方式造的?

阿斯兰创造出纳尼亚,是他自己甘心乐意这样做的,也是为了万物(动物们)的幸福。他赐给动物们自由,也制定了道德伦理界限进行约束,要它们保卫纳尼亚的自由和美好。阿斯兰最初是用歌声造出了纳尼亚的万物。

3. 纳尼亚在受造时是完美的吗?后来为什么又总有正义与邪恶的战争?邪恶是从哪里来的?

阿斯兰最初创造出的纳尼亚世界是完美的,并没有邪恶。但邪恶从外界进入到这个世界里,是由于狄哥里不小心把女巫带进去了。女巫势力渐渐增长,才有了后来的战争。

4. 为什么安德鲁舅舅和邪恶女王贾迪斯厌恶、惧怕听到那个美妙的歌声?

安德鲁和女巫心中被邪恶欲望充满,他们无法体察到歌声的美妙和力量,反而觉得可憎。就如“凡作恶的便恨光,并不来就光,恐怕他的行为受责备”(约3:20)。此外,歌声带出来的一种超自然的创造力,远超过魔法的力量或邪恶的破坏力,令他们震惊,他们因此而惧怕。

5. 狄哥里面对怎样的试探?

狄哥里在摘了苹果之后,被苹果悦人眼目的颜色和气味吸引,就生出想要吃掉果子的贪欲。当他用理性和恪守承诺来克制住这个欲望之后,女巫又用他最在乎的事(妈妈得到医治)来试探他,目的是为了让他不遵守对阿斯兰的诺言。世上的试探,都不外乎"肉体的情欲,眼目的情欲,并今生的骄傲"(约一2:16),都要引诱人不顺服良善的那一位。

《凯斯宾王子》
等候那不可见的国

原来我们不是顾念所见的,乃是顾念所不见的。
因为所见的是暂时的,所不见的是永远的。

——《哥林多后书》4:18

我们若盼望那所不见的,就必忍耐等候。

——《罗马书》8:25

在《凯斯宾王子》①开篇中,讲到了彼得、苏珊、埃德蒙和露西四兄妹再次从伦敦回到纳尼亚。当他们再次来到这个世界时,距离他们第一次进入,已经过去了一千年。而且,此时的纳尼亚又落入邪恶人类(台马尔人)的统治中。杀戮和压迫使树木和动物都陷入死寂。在这个由阿斯兰创造、护理并且拯救过的世界中,绝大多数的人和动物都已经不再相信世界上有阿斯兰的存在,或者不再相信阿斯兰还在继续作王,保护着他们。在这个邪恶盛行、公义不再的世代,若有人还相信存在一位公义良善的狮王,他就会成为被人嘲弄的笑柄。

但是,凯斯宾王子的奶娘,却是一位对狮王怀着单纯信心的人。在她抚养凯斯宾王子长大的过程中,她给这位王子讲述了很多关于纳尼亚的传说,在这个孩子的心中播撒下了渴望纳尼亚世界的种子。事实上,凯斯宾的叔叔米拉兹国王为了获得垂涎已久的王位,凶残地杀害了前任国王——也就是凯斯宾的父亲。这位阴险狡诈的叔叔之所以收养凯斯宾,也只不过是为了自己的王位考虑。让凯斯宾暂时作为王位的继承人,这并不是叔叔对凯斯宾抱有任何真正的善心,而是等到他自己有了孩子,就会立刻杀死

---

① C. S. 路易斯:《凯斯宾王子》,毛子欣等译,人民邮电出版社,2015 年。

凯斯宾。当凯斯宾王子得知了他的身世,国王叔叔的儿子也即将出生时,他知道自己面临着杀身之祸,于是选择逃离了王宫。他被迫进入人迹罕至的森林中,让他吃惊的是,这里生活着很多传说中古纳尼亚会说话的动物。随着他的加入,一些动物开始对阿斯兰的预言怀着更加迫切的盼望。

🦁 忍耐等候的"余民"

很多喜欢旅游的人都觉得,古代遗址总对人有一种吸引力,不仅因为怀旧情结,还因为他们在看的时候,不禁会提出"可信性"的问题:如果我们的眼睛看不到这城堡过去的辉煌,而只看到废墟,我们怎能相信它曾经的辉煌呢?这本书一开篇,路易斯就用凯尔帕拉维尔城堡的废墟,提出了"眼见与信心"的主题。

对于彼得、苏珊、埃德蒙和露西来说,纳尼亚是一个真实的世界,因为他们曾经到过那里,也为邪恶女巫控制下的纳尼亚能恢复自由而一起战斗过。在最刻骨铭心的记忆中,他们曾经亲身经历到了阿斯兰真实的死亡和复活。所以,对他们来说,关于纳尼亚的很多记忆是不可磨灭的。因此,当他们再次回到纳尼亚时,根据记忆中的很多细节,他们在一堆荒乱遗弃的废墟中,认出了那就是他们曾经居住过的凯尔帕拉维尔城堡。他们曾经是这座城堡的主人,是纳尼亚领土的君王,他们的统治时期一度被称为纳尼亚的"黄金时代"。看到各样记忆中的事物,都成了摆在眼前的荒乱废墟,他们又激动又难过。

"啊——啊——"孩子们都异口同声地欢呼起来。大家现在都认出,这里确实是凯尔帕拉维尔那古老的藏宝室,他们曾是这里的国王和女王。……这地方废弃很久了,这让他们既伤感又惆怅,甚至有点儿害怕。足足有一分钟时间,大家都没开口说话。(第 18 页)

露西以为,他们这一次重回纳尼亚,会让很多居民很激动,毕竟他们曾是纳尼亚世界在黄金时期的国王和女王。然而,让她始料不及的是,因为事隔几个世纪,在大多数纳尼亚居民的心中,他们四个人不过是传说中古代的国王和女王,不可能重新出现在现实生活中。此时,真正统治他们的是那位邪恶的人类国王米拉兹。他的邪恶统治不同于孩子们所熟悉的白女巫:女巫是用魔法压制纳尼亚的居民,但米拉兹则是借着谋杀、繁重的税收和不公正的法律制度,让纳尼亚沦陷为充满奴役、压迫的国家。这人不仅曾经残忍地杀死自己的兄长而篡位,用暴力和税收来压榨纳尼亚的居民,还继续对全国进行言论审查,不允许人提到古纳尼亚的事。例如,他和统治阶级用谣言把阿斯兰通常到来的方向(就是"大海的另一边")扭曲成一个可怕的地方,还用黑森林作为掩盖真相的屏障。他们之所以这样做的原因在于,他们认识到那些关于古纳尼亚魔法和阿斯兰大能的传说,会威胁到他们当下的统治。一旦承认纳尼亚最终的主权是属于至高的狮王阿斯兰,那么米拉兹的王位权威就会被削弱。至于古纳尼亚传说中提到,人类君王要服从狮王阿斯兰,简直就是剥夺了他们为所欲为的权力。于是,他们企图将纳尼亚掩饰成为一个没有魔法的世界,唯独强权和人类理性是生存的法则。路易斯借此描写，让读者看到现代社会的影子：一个没有神迹奇事、没有属灵世界的物质世界，一个没有上帝的人间。

不过，这个邪恶的国王虽然权倾天下，遗憾的是他却没有儿子可以继位。这个原因促使他能够让他兄长的儿子——也就是真正的王位继承人凯斯宾王子——还活在王宫中。凯斯宾从年幼起就对自己未来的王位没有特别的兴趣，反而更向往他奶娘口中提到的古纳尼亚。

> 米拉兹感到很意外，"怎么，难道说还有比王位更令人渴望的吗？"
>
> "反正，我就有这样的渴望。"凯斯宾认真地说。
>
> "你渴望什么？"国王问道。
>
> "我渴望……我渴望……我渴望生活在过去的日子里。"凯斯宾结结巴巴地说。说这话的时候他还只是个小孩儿。……"那个时候的一切都和现在不一样。那时候，所有的动物都会说话；那时候，溪流和树林里住着和善的水仙女和树精；那时候有矮人和可爱的小羊怪……这全是因为阿斯兰——"（第30—31页）

原来，这位奶娘一直私下教导凯斯宾王子关于古纳尼亚的历史。米拉兹得知这一点后，气愤地将奶娘驱逐出王宫。

利欲熏心的米拉兹国王无法明白的是，强权压迫和言论的不自由并不能夺取人心中对一个更美好国度的渴望。凯斯宾王子的奶娘就是相信阿斯兰的一群余民中的一个。这些人在艰难的时代不得不隐藏自己的信仰身份。他们盼望的是一个不可见的国,他们是效忠另一个国度的国民,那个国度尚未完全呈现在这个世界。正如古以色列在亚哈王的邪恶统治下,先知以利亚以为只剩下他一个盼望公义的人,但上帝启示他说,仍有很多"余民"在暗中渴望那个永恒公义的国度(王上19:10),并且那个国度就在他们心中延续(路17:21)。这种渴望是独裁统治者最畏惧的一种灵魂觉醒。

凯斯宾虽然因为奶娘的离去万分伤心,但他没想到的是,国王新派给他的家庭教师康奈利博士,实际上也是一个继续点亮他心中渴望、效忠阿斯兰的余民。康奈利博士一生都隐藏着自己的身份(他是一个人类与矮人的混血儿)。他虽然融入到人类社会中,但心中仍渴望古纳尼亚的自由。用他的话说,"我们这些混血儿……没有忘记过我们失去多年的自由生活。"自由!一旦品尝过,就不可能妥协或者忘记。于是,康奈利多年来致力于钻研历史,他因为对于古代流传下来的预言深信不疑而努力去寻找苏珊女王曾经留下的号角。他坚信不疑的是,在这个时代中,仍然有一群纳尼亚的余民正在热切地等待阿斯兰回来唤醒整个纳尼亚。与其说是凯斯宾将博士作为他的新盼望,不如更加确切地说是博士将凯斯宾王子视为这个国家更大的希望。他嘱咐王子说:

> "你要善待那些像我这样活下来的可怜的矮人。……
> 你还可以遍寻国家每个偏远的荒芜地带,看看有没有羊怪或
> 能言兽矮人存活下来。他们可能还活着,只是隐匿了起来。"

　　博士深深地叹了口气，"有时候连我也害怕再也找不到他们了。有时候像是在深夜的森林中窥见了羊怪和树精在远处跳舞。可是等我走过去之后，却发现什么都没有。我常常堕入绝望，可类似的事情常常发生，而且每一次都会重新点燃我内心的希望。到底能不能找到他们，我也不清楚。不过，至少你要努力成为古时候至尊王彼得那样的明君，不要像你的叔父。"（第39—40页）

　　终于有一天，康奈利博士凌晨唤醒凯斯宾，让他赶快逃离王宫，因为王后刚刚生下一个儿子。依照米拉兹残暴的个性，他要做的第一件事情就是杀死威胁他王位的凯斯宾，让自己的亲生儿子将来继承王位。就这样，凯斯宾王子不得不在夜色的掩盖下踏上了逃亡之路。

当凯斯宾独自深入深林，他遇见一只等候多时的獾特鲁夫汉特。他的到来给予这只獾对于古时预言要实现的信心，因为这只獾始终牢记着那古老的预言所说的，只有亚当的后裔（人类）成为国王时，纳尼亚才能回归安宁。他说，"我们不会忘记。我相信至尊王彼得和其他几位的存在，并对此坚信不疑，就像我深信阿斯兰一样。"这就正如在纳尼亚之外的世界中，每一个时代中都有一群寄居的人，他们对这个预言深信不疑，无论是在流亡的路上还是在被掳的异乡，他们会在夜晚唱着：

> 以马内利，恳求降临，救赎释放以色列民；
> 沦落异邦，寂寞伤心，引颈渴望神子降临。
> 欢欣，欢欣，以色列民，以马内利必定降临。

🦁他的国不属于这个世界

预言长久以来都没有实现,这使得一些纳尼亚人把拯救的盼望都寄托在一些看得见的领袖身上。他们并不相信唯独阿斯兰才是真正的救主。他们想用另一个世上的统治者来推翻现在这个可见的邪恶统治者。而另外一些持守信心的动物则指出他们的盼望是错误的,因为在纳尼亚,无论是君王还是公民,首先都要效忠并信靠阿斯兰,他才是唯一的救主。有一个矮人领袖尼克布瑞克站了出来,他不仅愤世嫉俗,而且还热衷于用政客的机会主义手腕来达成目的。他第一次见到凯斯宾,就呼喊要杀掉他,还好被其他动物阻止了。后来,凯斯宾与他之间发生了一段谈话:

> "你相信阿斯兰吗?"凯斯宾问尼克布瑞克。
>
> "我相信任何人任何事,"尼克布瑞克说,"只要能把该死的野蛮人台尔马人打得落花流水,或者把他们逐出纳尼亚。不管是阿斯兰,还是白女巫,我都信,明白吗?"(第59页)

实际上,尼克布瑞克主动放弃了理性上的正直。为了达到目的,他认为使用任何的手段,哪怕是邪恶的手段也是合理的。他只选择相信自己想要相信的事,选择那些可以满足自己意志的事情来相信。他的心中充满了苦毒和仇恨,为了报仇和摆脱压迫,他认为可以不择手段地做任何事情。仇恨和不择手段蒙住了他的双眼,使他丧失了对善恶的道德分辨力。他满脑子都是要用强暴来对付强暴,所以他想要倚靠一个强者领袖。而关于狮王阿斯兰的古老故事,在他看来,却表现出太多的软弱,尤其是,这个狮王甚至还被邪恶的女巫杀死过。虽然尼克布瑞克可能相信这个世界上曾经存在过阿斯兰,但他却更相信历史记载所说的阿斯兰死在女巫手中。遗憾的是,他无法相信阿斯兰曾复活,并且一直看护着纳尼亚。

尼克布瑞克说,"阿斯兰和国王们是一路货色。也许阿斯兰已经死了,也许他并不站在我们这边,也许有什么比他更强大的力量阻止了他,让他来不了。就算他真的来了,我们又怎么知道他一定是我们的朋友呢?……"

"你什么意思?"最后,还是凯斯宾打破了沉默。

"我是说,如果那些故事是真的,就应该有一股力量比阿斯兰强大得多,这股力量曾用魔法统治过纳尼亚很多很多年。"

"白女巫!"三个声音异口同声地叫道。

"没错儿,"尼克布瑞克缓慢又清楚地说,"我说的就是白女巫。……我们需要强者,需要这样的强者站在我们这边。说到强者,故事里不是讲得很清楚吗?白女巫打败了阿斯兰,把他绑起来,在那边的石头上杀了他。"

"可故事还说阿斯兰后来又复活了。"獾尖锐地厉声反驳道。

"是的,故事里是这么说的,可是你注意到没有?从那以后,我们就很少听到他的消息了,他从故事里消失了。……"

（第 132—133 页）

　　这个矮人对阿斯兰没有丝毫敬畏之心,结果就是在邪恶之事
上没有了省察和自我约束。他居然急切地试图用巫术把女巫和
狼人召唤上来,帮助他们与米拉兹争战。这个邪恶的矮人终于出
卖了他自己的灵魂。在关键时刻,彼得等人的出现,让女巫和狼
人当场丧命。而矮人尼克布瑞克随后也在混乱中被杀死了。凯
斯宾为矮人惋惜地说:"是长久的痛苦和仇恨把他的心灵扭曲
了。如果我们在短时间内取得胜利的话,也许他会在和平的日子
里成为一个善良的矮人。"

　　路易斯显然在用败坏后的纳尼亚世界来影射当代。他借着
露西的口指出,末世的人心之可怕,像野兽一样,失去对善恶的判
断。露西看到纳尼亚中邪恶横行,就联想到自己来自的那个世界

中的人心,也可能变得这样邪恶残忍:

> 如果有一天,在我们的世界里,我是说在我们的家乡那边,若是也跟这边动物的情况一样该如何是好。有人疯狂地闯了进来,他们的相貌看起来和人类一样,可你却不知道他们到底是不是人,那岂不是太恐怖了?(第96页)

路易斯经历过两次世界大战。战争不仅仅毁坏了欧洲大陆的城镇,更破坏了人的内心和伦理道义,因为在一个邪恶势力横行的世代,"只因不法的事增多,许多人的爱心才渐渐冷淡了"(太24:12)。人们满眼看到的都是压迫和黑暗,而他们若不依赖"从上头来的智慧,先是清洁,后是和平"(雅3:17),黑暗就会进入他们心里,仇杀和凶恶就会在他们心中滋生,直到熄灭他们里面的良知之光。正如一位伟大君王曾说过的,人"里头的光若黑暗了,那黑暗是何等大呢"(太6:23)。

如果有一位圣洁公义的君王,他要建立他的国,那么他建立的方式一定是不属于这个世界的,因他最终要征服的是人心里面的邪恶。世上的国遵循的是一个强权原则,为夺取权力,政客和权势很多时候会违背公义。相比之下,狮王阿斯兰征服人心,是借着他自己为子民(以埃德蒙为代表)受死。而且是在他们背叛、还不知道的时候。如果露西还记得石桌上那一幕,还能想起受死前的阿斯兰仿佛很软弱、无力抵抗,她就能认识到,这软弱正显出狮王极大的怜悯和忍耐力(《哥林多前书》1:25,他的"软弱总比人强壮")。狮王在邪恶面前,不为自己开口辩护,反而是温柔忍耐的。最重要的是,唯独这位王可以胜过死亡而复活,"以大能显明他是"掌王权的(罗1：4)。可惜,在犬儒式的矮人尼克布瑞克心中,复活的道理却显为愚拙、不可信,成了他信心的绊脚石(林前1：23)。

🦁 信心和眼见

　　阿斯兰的确是一位自我隐藏却始终看护他子民的狮王,如至尊王彼得所说的那样,阿斯兰有"他的时间安排,而不是我们所决定的"。实际上,从凯斯宾王子出生到他发现古纳尼亚,这一切事件难道只是巧合吗?难道不都是按阿斯兰的时间安排发生的吗?这位纳尼亚的王,他并没有离开,而是在隐秘中护理着一切事物的进展,乃至所有细节。可惜的是,在一个堕落的世界,即便阿斯兰出现,也不是所有人都可以看见他。那需要的是一种不同的属灵眼光。当四兄妹沿着悬崖边走路的时候,只有露西看见了阿斯兰。

　　　"狮王,"露西激动地说,"是阿斯兰本人。你们没看到吗?"她的脸色都变了,眼睛放着光彩。……
　　　"在那儿,那些花楸树中间。不对,是在峡谷的这边。往上看,不在下面。与你们想走的路方向相反。他是希望我们朝他那边走,往上走。"
　　　"你怎么知道他心里怎么想的?"埃德蒙问。
　　　"他……我……我就是知道,"露西说,"我从他的脸上看出来的。"

其他人都迷惑不解地面面相觑,谁也没说话。(第 99—
100 页)

一场争论之后,埃德蒙决定相信露西,为了补偿他第一次不
相信露西在魔法衣橱里发现纳尼亚的过错。可惜的是,作为至尊
王的彼得仍选择根据他自己的判断走。因彼得的带领,他们的旅
程非常艰难。等到了营地,睡觉的时候,露西听见"一个世界上
她最喜欢的声音在呼唤她"。她对这个父亲般的声音兴奋不已,
却不觉得害怕。阿斯兰突然出现在她眼前,而且变得更大了。阿
斯兰解释说,随着露西年龄增长,她对阿斯兰的认识能力也增长,
所以她眼中看到的阿斯兰也越来越高大了。这让人想到,路易斯
曾在《返璞归真》一书中写道:"上帝不是让我们的智性一直停留
在小孩子的阶段;他希望人有孩子般的心和成人的头脑。"谈话
间,阿斯兰回顾当天的事,指出露西虽然看到他,却没有坚定地跟
随他。狮王用低声咆哮责备露西,要她勇敢活出自己所确信的,
哪怕只有她一个人这样做,也不应该随大流。

狮王直视着她的眼睛。

"哦,阿斯兰,"露西说,"你不是这个意思吗?我当时不
可能……不可能抛下其他人独自一人跑去见你,我不能这样
做。别这样看着我——嗯,好吧,我可以那样。是的,我知
道,我不会是独自一人——和你在一起我不会孤单。可那又
能怎么样呢?"

阿斯兰还是沉默不语。(第 111 页)

　　阿斯兰又给了露西一次机会，让她叫醒哥哥姐姐们跟随阿斯兰走。这一次，狮王明确地说："如果他们不来，你就一个人跟我走。"其他三个孩子被叫醒之后，仍看不见阿斯兰。露西反复对他们说了阿斯兰的要求：即便你们眼睛看不到狮王，仍要跟从他走。露西坚持要跟从阿斯兰走，不管其他人怎样。三个大孩子虽然仍被"眼见为实"（seeing is believing）的观念影响，但因为露西坚持，就只好跟着她走。露西扮演了一位领袖的角色，"最小的"成了"最大的"，"在后的"成了"在前的"（太19：30）。

　　他们一边走，一边讨论为什么阿斯兰不让他们看见，只让露西看见。这是一段个人灵性上成熟的旅途。渐渐地，作为第一个愿意相信露西的人，埃德蒙的眼光开始变化。他先是看见了阿斯兰的影子,接着又渐渐看清楚狮王本身。埃德蒙和其他人都是先学习相信,然后才看见狮王的。等他们都到了树林边上,阿斯兰就完全显现在他们面前了。彼得坦诚地认错,埃德蒙得到了狮王的赞许,苏珊羞愧地哭了。路易斯借着这段情节想传递的是,只有先信了才能看见(believing is seeing),这颠覆了现代人对现实物质主义的假设。这个主题后来不断出现在《最后一战》和路易斯的另外一本小说《裸颜》中。

除了露西之外,其他三个孩子就像失去属灵视力的人,"他们看也看不见,听也听不见,也不明白"(太13:13)。在信心的旅途中,人们要面对的最大试探,就是被他们的肉眼所局限。他们以为看不见的就是不存在的。但是,岂不知人的肉眼只能观察到一小段光谱,何况超自然的存在,更是不被肉眼所觉察的吗?即便在人看不到国度君王的时候,王的眼目却没有离开过这个世界(《耶利米书》23:24,"人岂能在隐秘处藏身,使我看不见他呢?……我岂不充满天地吗?")很多时候,当人们以为王已经离弃了他们,其实是他们因眼光迟钝而远离了王。

及至时候满足

古老预言曾说过,"阿斯兰一出现,错误必能纠;阿斯兰一声吼,悲伤不再有"。当阿斯兰的时候到了,他用吼声夺取王权,也唤醒了他沉睡的国民。预言实现在孩子们眼前。隐藏的国民都回应这一呼召,欣然来到王面前,不再惧怕,不再藏匿。它们用舞蹈的姿态,传递出得释放的喜乐和自由。自然界的一切都被更新了。

> 星光中的阿斯兰看起来比以往更高大了。他昂起头甩甩鬃毛,然后大吼起来。他的吼声最初是低沉的颤音,像风琴从低音开始弹出的曲子,然后逐渐升高,再升高,最后整个大地和空气都随之震颤起来。……整个森林好像都动了起来。看起来就像全世界的树都在向阿斯兰狂奔过来。……全都弯腰向狮王行礼,然后抬起身子,用或沙哑或嘎吱嘎吱或波浪般哗哗的声音高声呼喊:"阿斯兰! 阿斯兰!"……这是一片欢乐的海洋。(第 123—125 页)

邪恶国王米拉兹仍占据一处国土,彼得明白身为至尊王,他必须在等候阿斯兰的同时,也尽到作君王的责任——那就是要为纳尼亚而争战,保护他的子民。彼得在第一次与白女巫战斗的经历中,就学会了这一点。他知道只要阿斯兰出现,胜利就已经确定了。但至于阿斯兰是否会亲自参与到战斗中,狮王有他自己的时间,这是彼得不知道的。路易斯要传递的信息是,对有信心的人来说,等候和行动是可以同时发生的。彼得说:

> 阿斯兰、苏珊女王和露西女王就在我们附近。不知道阿斯兰会在什么时候采取行动。当然了,这得看他的时间安排,而不是我们的。与此同时,他肯定也希望我们做一些力所能及的事。(第 139 页)

彼得凭着信心,写了战书要挑战米拉兹,与他进行一场决斗。他认为这样做,至少可以为阿斯兰的行动赢得一些时间。大家都期盼着阿斯兰能在决斗开始前现身,那样彼得就不会陷入危险。这场决斗果然非常险恶,彼得受了重伤,认为自己快要死了,就把最后的遗言留给了弟弟埃德蒙。最后,米拉兹却在打斗中意外跌倒,然后被自己的亲信——同样权力熏心的两个勋爵——杀死了。

与此同时,阿斯兰让苏珊和露西骑上他的背,带领臣民们开始了一次盛大欢喜的游行。阿斯兰经过之处,各样的人都得了释放、安慰和医治:正在上枯燥历史课的学校里,讲台变成了玫瑰花丛,学生脱去累赘的衣服,加入到庆祝的行列中;一个正在打孩子的父亲,手里的棍棒变成了花朵,他自己的身体也变成树干,小男孩破涕为笑;一个农舍中病弱的老妇人,喝了水变成的美酒,跳着下了床。更令人惊喜的是,这个老妇人就是故事一开始出现过的那位持守信心的人:她就是凯斯宾王子的奶娘。

故事仿佛又回到原点,阿斯兰也向凯斯宾解释了邪恶的台尔马人是怎么从他们的世界进入纳尼亚的。凯斯宾谦卑地接受了自己有瑕疵的出身,但阿斯兰肯定地说,人类仍是尊贵的受造物,也是为了维护纳尼亚的和平所必定需要的一个种族。此时的凯斯宾,在经历很多事情之后,已经成熟起来了。凯斯宾凭借着他的谦卑和正直,获得阿斯兰对他的应许:他的子孙后代能够统治并一直治理纳尼亚,直到世界的终结。凯斯宾这个角色的成熟以及他对阿斯兰的认识,延续到了下一本书《黎明踏浪号》的情节中。

阅读指导

如果读者是第一次接触这个故事,或第一次给自己的孩子读这个故事,需要至少通读一遍整本书。你可以用第一部分关于故事情节的问题,来与孩子讨论。第一遍阅读不需要做过多神学上的引导和解释,让孩子自由地沉浸在故事中。

在孩子大致明白了主要故事情节和人物之后,可以与孩子讨论下面第二部分关于神学主题的问题。这里给出的答案,不是让家长或老师僵化地塞给孩子。最好先尽量引导孩子用自己的语言表述出来,然后按答案所提示的,引导孩子思考。

关于故事情节的问题

1. 四个孩子是怎样从伦敦的火车站回到纳尼亚的?

2. 此时的纳尼亚和先前的纳尼亚有什么不同?

3. 孩子们是如何发现他们回到的地方就是他们曾经居住过的城堡?

4. 士兵们为什么想要淹死矮人？

5. 台尔马人为什么害怕海？

6. 凯斯宾的奶娘为什么要被赶出王宫？

7. 凯斯宾是怎样发现他的新家庭教师不是一个和他一样的人类的？凯斯宾为什么后来很信任他？

8. 米拉兹是一个怎样的国王？他让当时的纳尼亚变成怎样的一个国家？

9. 康奈利博士为什么劝凯斯宾逃走？

10. 尼克布瑞克相信谁可以拯救纳尼亚？

11. 他们为什么想要吹响号角？有谁不相信这会起作用？

12. 彼得、苏珊、埃德蒙和露西用什么方法来表明他们就是曾经在纳尼亚作王的国王和女王？

13. 最开始，为什么只有露西一个人看见阿斯兰？

14. 当露西说看到阿斯兰的时候，露西的哥哥姐姐们怎样反应？

15. 尽管其他人都看不见狮王，阿斯兰让露西做什么？

16. 阿斯兰的吼叫，给纳尼亚带来了什么变化？

17. 尼克布瑞克想用巫术把谁召唤回来帮助他？

18. 谁提笔帮彼得写战书给米拉兹？谁将战书传递给米拉兹？是谁杀死了米拉兹？

19. 阿斯兰是怎样称赞老鼠们的？

20. 阿斯兰医治的老妇人是谁？

2 关于神学主题的问题

1. 虽然米拉兹国王试图用各种方式控制人们的思想,试图将古纳尼亚的历史涂抹掉,但为什么仍有一些国民心存盼望不放弃(如凯斯宾的奶娘、康奈利博士和凯斯宾)?

他们对纳尼亚世界的起源、阿斯兰的良善和能力,怀有真实的信心和盼望。即便在罪恶蔓延之时,这样的信心也可以胜过眼见的患难,因为它指向一位将要再来拯救他们的救主。

2. 矮人尼克布瑞克为什么希望用强权来取代邪恶的国王?他为什么不相信阿斯兰的能力?

矮人不相信阿斯兰受死并复活的历史,也不认识阿斯兰是谁,也没有真信心。在黑暗重压下,他希望用人的眼光认为有效的方式,以恶制恶,来达到目的。阿斯兰的复活对于他来说,成了信心上的一个绊脚石。

3. 当阿斯兰出现时,为什么只有露西一个人看得见他?其他三个孩子是怎样渐渐看清狮王的?

是阿斯兰主动让露西可以看见他,因为露西对阿斯兰怀有单纯的信心。然而这信心也是阿斯兰所赐的,让她逐渐成长起来的。后来,埃德蒙和其他孩子也可以看见,因为他们经历了一个信心逐渐成长的过程。

4. 当彼得与米拉兹开始决斗时,阿斯兰为什么不及时出现?

彼得知道,阿斯兰有他自己的时间,是不受环境或人的意愿所控制的。彼得需要尽自己作为至尊王的本分,因为阿斯兰曾经用过类似的"不在现场"的方式,来锻炼他的信心和勇气。

《黎明踏浪号》
风浪中的团契

爱弟兄,要彼此亲热。……不要以恶报恶,众人以为美的事,要留心去作。
若是能行,总要尽力与众人和睦。

——《罗马书》12:10,17—18

《黎明踏浪号》①记载了凯斯宾、埃德蒙、露西和尤斯塔斯的一系列海上历险。这本书加上尤斯塔斯和勇敢的老鼠雷佩契普等同伴,刻画出了一幅群体的图像,以属灵生命的成熟和团契生活为主题。在这一卷书中,尤斯塔斯的改变也是七卷书中最精彩的关于生命改变的一段故事。勇敢优雅的老鼠将军雷佩契普是一位怀有单纯之心、向往阿斯兰王国的朝圣者,他在旅途终点满怀欣喜、毫不迟疑地进入了阿斯兰那荣耀的终极国度。

失控的男孩

尤斯塔斯受他反传统价值观、新潮、物质主义生活方式的父母影响,不看重礼貌或尊重人等品格。他只对一些没有生命的动物标本感兴趣。由于自我中心和自私自大,他也没有什么朋友。当埃德蒙和露西来他家借住时,尤斯塔斯一方面不乐意表兄妹借住在他家里,一方面又窃窃自喜地想出各种恶作剧去捉弄使唤他们。他每日的乐趣之一,就是竭尽所能嘲笑表兄妹关于纳尼亚的谈话。这个舌头不节制的男孩奚落这对表兄妹、几个人正在发生吵闹之时,突然一幅画中的事物活了起来,将他们三个人一同带

---

① C. S. 路易斯:《黎明踏浪号》,毛子欣等译,人民邮电出版社,2015 年。

通往阿斯兰的国度

C.S.路易斯《纳尼亚传奇》导读

入到一片汪洋大海中。随后,一艘宏伟的大船驶过,船上的人将
他们救了起来。

　　他们到了纳尼亚的世界。尤斯塔斯继续在大船上干出各种
令人讨厌的事情,尤其是对老鼠将军雷佩契普特别无礼。男孩与
这只气度优雅的佩剑老鼠,经常剑拔弩张,不仅有口角上的争斗,
甚至还要进行决斗。总之,两人关系非常恶劣,彼此都最不喜欢
对方。埃德蒙和露西对他们这个不受约束、满口辱骂之词的表兄
弟,则显出极大的包容和关爱。

　　尤斯塔斯在船停靠一个岛屿时,想要暂时逃离他所厌恶的这
些人,就独自上了山。他在龙洞中发现了大量稀世珍宝,却不知不
觉躺在宝藏上睡着了。醒来时,他突然发现自己由于对宝藏的贪
婪变成了一条龙。这个可怕的发现,竟成为他生命改变的开始。

　　　跑到水塘边之后,紧接着发生了两件事。第一件对他来
　　说无疑如五雷轰顶,他发现自己竟然是四肢着地跑过来的,
　　也不知道他干吗要这个跑法? 第二件事,他趴着往水面一
　　看,一时间还以为水里有另外一条龙在盯着他看。不过,他
　　很快明白过来,水里那条龙是他自己的倒影。毫无疑问,他
　　动那影子也动,他张嘴那影子也张嘴,他闭嘴那影子也闭嘴。
　　　原来,他睡着的时候已经变成了一条龙。他睡在了龙藏
　　宝的地方,而且他和龙一样起了贪心,所以他也就成了龙。
　　(第 71 页)

一阵兴奋之后,一种强烈的孤单感袭来,让尤斯塔斯开始怀

念他的同伴们。这时,尤斯塔斯眼睛里的鳞片仿佛脱落了,他看到自己可怜、有罪的面目——他过去对别人的粗暴表现,就像是一只怪物。他认识到自己身上的罪,也认识到自己多么需要救赎和别人的关心爱护。在极度痛苦和孤单中,他的理智和良心开始起作用了。

> 他想和他们交朋友,他想回到人类当中去,他想和大家一起说笑,他想和大家分享一切。他知道自己已经变成了一个与人类隔绝的怪物,一种可怕的孤独感涌上心头。他开始觉得船上那些人根本不坏,而且开始怀疑自己是不是一向如自己认为的那样好。他渴望听到那些人的声音,雷佩契普哪怕能说一句不好听的话,他也会感激不尽。(第79页)

当变成龙的尤斯塔斯不顾一切飞到大船停泊的岸边时，朋友们借着简单的问答，认识到他就是失踪了的男孩尤斯塔斯。大家都对他显出极大的爱心，尤其是老鼠将军。当这条龙在沙滩上流出热泪时，总有一只佩剑的老鼠在安慰他，给他讲很多有关盼望和阿斯兰国度的事。老鼠成了尤斯塔斯的朋友，始终对他不离不弃，虽然他们差别如此巨大，曾经有极大的冲突，但在这里，小个子老鼠雷佩契普，却如同巨人一般保护着这条外表巨大、内心脆弱的朋友。

里外更新

经过一系列的困难和磨练，男孩尤斯塔斯最终从龙的形状恢复了本来的面目。他对埃德蒙回忆了他是如何能够再次变回男孩样式的经历。那时，他独自遇到了阿斯兰，就是众人常常提到、但他怎么都不愿意相信他存在的那个狮王。在这次梦一般的相遇中，他清晰记得狮王出现时的奇异光辉。

> 我抬头一看，怎么也没想到，有一头狮子朝我慢慢地走了过来。昨晚并没有月亮，但奇怪的是，狮子走到哪儿，哪儿就有月光。它离我越来越近，把我吓坏了。……它靠近了我，一直盯着我的眼睛看。我吓得紧紧闭上了眼，可是没用，因为它叫我跟它走。（第82页）

这次相遇就是为了尤斯塔斯可以改变，不仅是形体上的改变，也是内心的改变。阿斯兰告诉他要脱去"老我"的硬皮。但是,即使尤斯塔斯用爪子把自己抓得血肉模糊,无论怎样努力,无论怎样疼痛,都无法靠自己脱去龙皮,无法改变自己那个怪物的样子。这让他无比沮丧和失望。他面对阿斯兰,是阿斯兰亲自将他的外皮剥下,如同用肉心换了他的石心(结11：19),让他成为一个新造的人(林后5：17)。这一段戏剧般的尤斯塔斯"重生"的情节,堪称经典。

> 我开始在身上乱抓,鳞甲被一片片抓掉了。我再使劲抓,这回不是一片一片地脱落,整张皮都被顺利地剥了下来。我有种大病初愈的感觉,又觉得自己像根剥了皮的香蕉。……那张皮扔在我身旁,看上去特别恶心。……但是,我刚要把脚伸进水里,一看自己,发现……还长满了鳞甲,和原来一样。……于是我又抓了第三回,脱了第三层皮。和前两回一样,我又钻了出来,可我看了一下自己水中的倒影,明白这回还是没用。

> 这时狮子说——我还是不知道它是否真的开口说话了——"一定得我来给你剥皮才行"。……他第一下就抓得很深,我感觉都抠到我的心了。……虽然疼得厉害,但看见皮被撕下来,心里却有种说不出的痛快。(第83—84页)

听着尤斯塔斯的见证,埃德蒙并不觉得奇怪,因为他也经历过这种改变,也是阿斯兰主动在他身上做成的。阿斯兰让他们两个获得了重生。当尤斯塔斯问他:"你认识他(阿斯兰)吗?"他意味深长地回答一句话说:"是他认识我。"正如尤斯塔斯后来明白的,阿斯兰住在光中,喜欢黑暗的人并不喜欢就近他(约1：5),所以只能是阿斯兰主动去寻找失丧的人(太18：11)。一旦阿斯兰决定在一个人生命中动工,那种改变将是脱胎换骨的,正如尤斯塔斯亲身经历过的。一首流传千古的赞美诗中这样写道:

> 脱离捆绑、忧愁与黑夜,
> 进入自由、光明与喜乐,
> 脱离疾病,进入你健全,
> 脱离罪恶,进入主里面。

对于一些像尤斯塔斯一样悖逆、以自我为中心的人来说,重生往往有一个具体的戏剧性时刻。这一经历让光明与黑暗之间的反差对比如此强烈,以至于顷刻之间开始了全新的生活,而此前的人生都只像影儿一样。他意识到自己曾经被骄傲无知捆绑,从来不在意他人,现在却可以开始学习如何智慧地生活,如何去关心爱护他人。尽管如此,重生的新生命要经历一生的磨练,包括很多试探和凶险。这些经历,不仅只是曾经的坏男孩尤斯塔斯需要学习的,也是其他任何坚定相信阿斯兰的孩子们所需要走过的路。

脱离试探

在后来的旅途中,凯斯宾、埃德蒙和露西来到一处被施了魔法的深水潭。他们惊奇地发现,任何东西只要沾一点潭中的水,就会变成金子。无尽的财富所发出的诱惑之光让他们开始彼此相争,一改往日和睦相爱的样子。正当他们彼此破口大骂、争执不已之时,阿斯兰突然显现了。狮王没有像盯着尤斯塔斯那样注目他们,他只是神秘地出现在他们视野之内,让他们的眼目从金子挪移到他自己身上的耀眼金光上,然后又神秘地消失了。

> 狮子没有发出任何声音,也没朝他们这边看。尽管太阳被云遮着,狮子身上却金光四射,像是沐浴在明亮的阳光下。……没人开口问这狮子到底是谁,大家心里都清楚,这是阿斯兰。谁也没看清狮子是怎样走出视野的,也没看清他到哪里去了。大家都像刚刚睡醒一样,面面相觑。(第100页)

阿斯兰的瞬间显现,让三个孩子脑中的邪恶意念消失了。顿时,三个人的理智恢复过来,得以脱离试探。他们只觉得羞愧。但这段经历足以让他们铭记:在无孔不入的罪面前,人需要儆醒、谦卑去抵挡试探。若没有阿斯兰搭救,没有一个人可以凭自己的义站立得住。

不久之后,露西也再一次陷入试探。她在一本魔法师的咒语书中,看到一页纸上写着一条可以让人拥有绝色美貌的咒语。露西心动不已,她想要像姐姐苏珊一样漂亮的虚荣心此时充分显明出来。即便书中画面演示出,露西获得的美貌会带来列国君王的厮杀,她还是很想要得到美貌。

> 她被画里面那个露西的美貌搅得心都乱了,但也觉出对方美丽的面孔和自己很相像。接着,书中所有的画面都向她

走来。……各国的国王都为她的美貌倾倒而互相厮杀。后来，比武成了真正的战争……接着，画面变了，绝色美人露西回到了英国，苏珊从美国回来了……苏珊嫉妒露西的绝色美貌……

这条咒语一定要念，露西想，我不管，一定要念。（第118—119页）

魔鬼用金子和王位诱惑男孩，用美貌试探女孩，一般都是成功的。一向诚实勇敢的露西，却对于自己的外表一直显得不太自信，一直活在漂亮的姐姐苏珊的阴影下，因为苏珊一直被人们认为长得漂亮，受到人们无数的赞美。此时，幸好阿斯兰及时出现，他毫不客气地冲着虚荣的露西大吼，让她没念成这个危险的咒语。

但当她定神去看咒语的开头——那儿本来没有插图的，这一点她很肯定——却在文字中间看到了一头狮子。狮王阿斯兰的大脸正盯着她，画面金光灿灿，狮子像是要从里面迎面朝她走来。事后她自己也搞不清楚那狮子是不是动过，但她清楚地记得狮子的面部表情，他在吼叫，牙都龇出来了。露西吓得不得了，赶忙翻过这一页。（第119页）

当罪悬于一线时，阿斯兰及时出现，制止了严重后果的发生，这是他对所爱之人的护理和干预。当露西又借着魔法偷听一个朋友在其他人面前违心地评价自己的谈话时，阿斯兰再一次温柔

地出现。露西见到阿斯兰时的喜乐和兴奋,让她的神情变得与图画里的露西一样美丽。阿斯兰见到她时也显出了喜悦的样子,但他直接指出露西不应该私下去探听别人的谈话,这会导致她和朋友的友谊破裂。阿斯兰的话像一面镜子,让露西羞愧地看到自己的问题和事情的本相,也让露西明白自己应该如何去做。阿斯兰是一位良友,不避讳把有益于我们认识自己生命真相的话告诉我们(《箴言》27:5,"当面的责备,强如背地的爱情")。

🦁 国度的渴望

雷佩契普是纳尼亚最勇敢的战士。他的外形虽然是一只不起眼的老鼠,但怀有一颗朝圣者的敬虔之心。他自幼就十分渴望进入阿斯兰的国度。在踏上此次航海旅程之前,他就有一个比凯斯宾国王更大的抱负,那就是,他想要航行到世界的尽头,亲眼看一看阿斯兰的领土。露西提醒他说,阿斯兰的国度不是乘船就能到达的。老鼠将军仍回答说:

> 我还在摇篮里的时候,有位森林女神——也就是树精——把这首诗作为摇篮曲说给我听过。内容是这样的:海天交接的地方,/海浪也变得甜香,/雷佩契普别迟疑,/你定能找到心灵向往的东西,/那东西就在东方极地。"我也搞不懂这首诗的确切含义,不过它却影响了我的一生。"(第17页)

雷佩契普心中对于阿斯兰国度的强烈向往,激励着他比任何人在旅途艰险时都更勇往直前。当尤斯塔斯变成的那条龙停在他们露营旁边,他是第一个靠近他的;是他的想法让船脱离海蛇怪的纠缠;当靠近龙岛时,人们听见洞中传来令人恐惧的声音时,

是他第一个发出回应;在众人都犹豫是否要吃阿斯兰的宴席时,他是第一个欣然领受的(这个具有纪念意义和属灵滋养效果的宴席,被阿斯兰作为对一些朝圣者的奖励,也让那些渴望再继续前行的人获取力量)。在吃完宴席之后,需要这个团队中有一个人选择继续前行,进入阿斯兰的国度。雷佩契普当然选择继续前行,但他必须独自走余下的路。他毫不惧怕,恰恰相反,他兴奋得很。直到亲口尝了海水的甜味,这只老鼠更加兴奋不已:

> 不一会儿,黎明踏浪号调转了船头。大家看到水里有个黑乎乎的东西,那就是雷佩契普。他正兴高采烈地说着什么,但由于嘴里灌了水,谁也不清楚他到底在说什么。……湿淋淋的老鼠上了甲板之后,对海人的事根本没兴趣。
>
> "甜!"他吱吱地叫着,"甜,真甜!"
>
> "说什么呢?"德里宁很恼火,"别把水往我身上抖。"
>
> "告诉你吧,海水是甜的,"老鼠兴奋地说,"又甜又鲜,根本不咸。"
>
> 一时间,大家都没领会他这话的重要意义,雷佩契普不得不又说起了他那个古老的预言:海浪也变得甜香,/雷佩契普别迟疑,/你定能找到心灵向往的东西,/那东西就在东方极地。
>
> 这下大家明白了。(第175—176页)

凯斯宾国王也尝过之后,连面孔都发生了变化,而且他说,"这才叫真正的水啊。我不敢肯定喝了这样的水会不会送命,不过现在才品尝到这水的味道,我倒宁愿去死。"每个人都喝了很多这种神奇的水,而且后来就不饿了,都变得平静安宁,甚至连说话都少了起来。路易斯用水、光、音乐描写出这个地方的奇异性,这个地方显然不属于通常的世界。到了天水连接的地方,雷佩契普欣喜前往,他告别众人后,甚至放下了象征勇敢和尊严的佩刀,划着小圆筏,义无反顾地划向阿斯兰的国度。那里,才是真正终极的世界。

路易斯用雷佩契普这个形象表达出了自己多年心中所酝酿的渴望,就是他所说的"惊悦"(surprised by Joy)。路易斯在回忆他早期生活的《惊悦》一书中提到,他幼年时的经历如何塑造了他心中的这种渴望。路易斯总是用大写的字母 J 提到这种喜悦,他想强调,这不是一种平常的欢喜或喜乐感受。他用"喜悦"(Joy)一词,是因为找不到一个更好的词来表达。这是一种特殊的、强烈的渴望,是他从童年时期就一直有的(像雷佩契普一样),但他不能具体说清那是什么。他唯一知道的是,自己里面这种渴望非常强有力,以至于无法用任何词来描述。路易斯曾写过一首诗《元音和汽笛》,也表达了这种与生俱来的渴望:"有一篇乐章,它很像早先的某种音乐声,人们出生时还对这音乐存有记忆。"他在《返璞归真》中也写道,"如果我在自己里面找到一种渴望,是这个世界中任何经历都无法满足的,那么最可能的解释就是,我是为了另外一个世界而造的。"

随后,埃德蒙、露西和尤斯塔斯在水天连接的海边看到一幕神奇的画面。一头光芒夺目、令人无法正眼观看的羔羊,在草地上用篝火为他们预备了烤鱼作早餐。圣经中也有相似的一幕

（约21：9—13）。当他们吃过以后,露西问这是不是阿斯兰的国
度。羔羊说,进入阿斯兰国度的入口,要到他们自己的世界中去
找。然后,这只羔羊就变成了一头狮子,也就是阿斯兰。孩子们
心中怀着对那个终极国度的渴望,让阿斯兰为他们打开了回到英
国的时空之门。这一渴望要到第七个故事《最后一战》才能真正
实现。

如果读者是第一次接触这个故事，或第一次给自己的孩子读这个故事，需要至少通读一遍整本书。你可以用第一部分关于故事情节的问题，来与孩子讨论。第一遍阅读不需要做过多神学上的引导和解释，让孩子自由地沉浸在故事中。

在孩子大致明白了主要故事情节和人物之后，可以与孩子讨论下面第二部分关于神学主题的问题。这里给出的答案，不是让家长或老师僵化地塞给孩子。最好先尽量引导孩子用自己的语言表述出来，然后按答案所提示的，引导孩子思考。

关于故事
情节的问题

1. 埃德蒙和露西为什么要借住在尤斯塔斯家？

2. 故事开始时，尤斯塔斯是一个什么样的男孩子？

3. 当三个孩子从画框里进入纳尼亚时，是谁从海里把他们救上船的？

4. 雷佩契普对这次航行的期待是怎样的？

5. 尤斯塔斯为什么总和雷佩契普过不去？

6. 当凯斯宾抵达龙岛时，他为什么决定隐藏自己国王的身份？

7. 尤斯塔斯在龙洞里睡着后，他是怎样醒来的？

8. 当尤斯塔斯变的龙上岸时，人们都不敢靠近他，谁是第一个和他说话的？

9. 是谁先猜出来这条龙是尤斯塔斯变的？

10. 虽然和他的朋友们再次相遇了，为什么尤斯塔斯却感到越来越难过？

11. 是谁发现变回男孩样子的尤斯塔斯？他是怎样变回来的？

12. 是谁发现池塘里的水可以让任何东西变成金子？

13. 隐形人为什么要被魔法师变隐身？

14. 在世界尽头岛，是谁教凯斯宾化解魔法的？

15. 阿斯兰宴席上的食物是从哪里来的？

16. 谁发现世界尽头的水是甜的？

17. 他们喝了世界尽头的水之后，有什么变化？

18. 当他们从船上下来走了三天之后，看到了什么？

19. 雷佩契普是如何进入到阿斯兰终极国度中的？

20. 关于三个孩子此次来纳尼亚的原因，阿斯兰最后是怎么说的？

2 关于神学
主题的问题

1. 男孩尤斯塔斯为什么很难和自己的表兄妹相处?

尤斯塔斯本性里极度以自我为中心,他不仅不为别人着想,而且言语和行为都很刻薄,对他人不尊重,并且轻视作弄其他人。他并不知道怎样爱别人,任由自私本性主导他的行为。

2. 尤斯塔斯为什么会变成一条龙? 变成龙以后,尤斯塔斯是如何认识到自己生命中存在的问题?

他逃离众人,在发现山洞的宝藏后,他大发贪欲而变成一条丑陋的龙。这一变化让他感到从未有过的孤独,令他心中渴望友谊,也让他为自己此前的行为后悔。

3. 当变成龙的尤斯塔斯想要按照阿斯兰所说的把皮脱掉时,他为什么靠自己无法做到? 阿斯兰是怎样帮他做到的?

他脱掉一层皮,又会生出同样的皮来。人不可能救自己脱离罪的样式,即便再努力改过自新,"老我"还会顽固地再长出来。因此,人需要重生。阿斯兰用爪子拔下他的龙皮,他虽然经历了疼痛,但龙皮再也不会长出来了。

4. 埃德蒙、凯斯宾和露西在水潭边受到怎样的试探? 他们是怎样脱离的?

他们被财富和权力诱惑,想要争论谁最大。阿斯兰一闪而过地出现在他们面前,让他们像大梦初醒一样,看清了自己贪婪软弱的面目,都羞愧不已。

5. 露西为什么会被镜子里的美貌试探? 爱美是错的吗? 露西是怎样脱离试探的?

露西心中长久存留着一种隐秘的罪, 就是对姐姐苏珊的美貌的嫉妒。这一念头被魔法挑动出来, 成为罪的欲望。美本身不是错, 因为一切美善的事都是上帝造的, 他也看这些事是好的。但当人追求美过于上帝的诫命时, 就成了贪恋。当阿斯兰出现在露西身边时, 她才清醒过来。

6. 为什么在阿斯兰的宴席面前, 大家都很犹豫要不要吃? 是谁先开始品尝的?

大家看到桌边有几个被施魔法而长睡不醒的人, 就害怕吃这食物会让他们也被魔法咒诅。但这几个勋爵是因自己的贪欲争斗而中了魔法, 并不是因为食物的缘故。雷佩契普很有勇气, 最先品尝起阿斯兰的宴席。

7. 雷佩契普为什么渴望进到阿斯兰的国度里? 那里有什么?

雷佩契普自年幼就怀有对阿斯兰永恒国度的渴望。他对阿斯兰的信心单纯又真诚, 他的盼望迫切又忍耐。那里有一切的美善, 不再有罪恶和争战, 阿斯兰随时都在他国民身边。

《男孩与能言马》
从奴役到自由

你们蒙召,是要得自由。

——《加拉太书》5:13

　　《男孩子与能言马》①的主人公是一位名叫夏斯塔的小男孩。故事一开始，夏斯塔偷听到他父亲要把自己卖给一个陌生人的消息。即便如此，夏斯塔反而觉得这是他听过最令人惊喜的消息了，因为他还同时偷听到了自己的身世：自己并不是这个常常虐待自己的贪婪渔夫的亲生儿子，而是渔夫意外捡来的一个异族人，一个异乡人。无意间的发现也让他豁然明白过来，为什么自己内心一直感到有种寄居他乡的失落感，为什么自己和渔夫之间没有那种父子与生俱来的爱。知道了这一切，反而让他平生第一次有了一种重获自由的感觉，在他心中点燃了一个新的希望，一种对真正家乡的向往。他甚至幻想自己也许出身于皇家贵族，也许还是一位尊贵的王子。

　　在《纳尼亚传奇》七卷中，唯独这一故事没有用魔法穿越不同世界的情节。骑马或步行是故事中叙述的主要场景，也是最主要的交通方式。离开之地卡罗门，和他向往的北方纳尼亚，却是截然不同的两个世界：一个充满奴役不公，另一个充满自由和平、令人神往。从这一角度来看，夏斯塔从奴役之国回到自由之土所经历的变化，就像其他故事中的孩子们从英国进入纳尼亚

---

① C.S.路易斯：《男孩与能言马》，毛子欣等译，人民邮电出版社，2015年。

一样。

我是谁?

夏斯塔根本不知道自己到底是谁,从哪里来,因为他从来就不知道自己的亲生父母是谁。对于他的养父,夏斯塔心中一直很想爱却爱不起来。当他隔着墙听到了自己的身世后,他才恍然大悟,为何养父对他如此冷酷无情,待他如同对待奴隶一样。与此同时,他急切地想要知道,打算买自己的那个陌生人究竟是善是恶。实际上,卡罗门并没有自由,社会等级森严,每个人都奉承屈从比自己高一级的人,同时也践踏、驱使比自己社会地位低的人。

渔夫在见到贵族妆扮的陌生人时,要按卡罗门的社会规范,将自己的胡子贴在地面上,向贵族行礼,竭力奉承。然而,这个陌生人不仅连一句谢谢也没有,对于善意接待自己过夜的渔夫,他的言语间还充满着不屑和暴力的威胁。

夏斯塔琢磨着这人究竟是善是恶,自己如果被卖后会不会有更好的处境,此人是否会善待自己。他一边思考,一边在屋外踱步、自言自语起来。这时,一件神奇的事情发生了,陌生人骑来的那匹马居然对他说起话来。马告诉夏斯塔说,这陌生人实际上是个大恶人,就连自己也是被他掳来的。于是,夏斯塔对新主人的幻想破灭了。他把希望寄托在一个良善的主人,而不是自由本身。他无法想象自由到底是什么样的。他更没有想到,自己原来差一点会再次陷入奴役中。

同为异乡客的能言马开始介绍自己。它说自己出生在北方纳尼亚,而且记得那里是自由之地。那里的人和动物都有自己的尊严,那地也充满着美好和欢乐。于是,在渔夫和恶人谈成交易的那个晚上,男孩和这匹名叫布里的纳尼亚马踏上了逃亡北方自由之地的险途。一开始,男孩与马的关系就不是主仆式的,像任何纳尼亚居民一样,他们作为旅伴和同路人而彼此尊重,彼此激励。

在路上,夏斯塔和马被凶险的狮子追赶。在躲避狮子的过程中,他们认识了另外一对逃跑的人和马,就是贵族女孩艾拉薇和母马赫温。出身高贵世家的艾拉薇只想逃到一个不再被逼婚的地方。对于她而言,那就意味着自由。她是贵族出身,言语之间总带出对平民夏斯塔的轻蔑,对马的态度也是颐指气使,如同主人对待仆人一样。即使她是为了反抗卡罗门的制度而选择离家出走,但她的思想仍被卡罗门的等级制度奴役着。尽管如此,四个伙伴在商量了之后,一致认为既然他们怀着相同的目标打算离开卡罗门而奔向纳尼亚,特别是这两匹纳尼亚马相见甚欢,于是他们决定一起结伴而行。

🦁 经过虚荣城

当他们到达塔什班城时,这里不像之前人烟稀少的地方,这里是热闹非凡的城市,因此有很多人可能会看出这两个孩子和他们所骑的马不同寻常,很容易猜出他们是在逃亡。因此,他们必须谨慎地越过塔什班城,于是夏斯塔决定他们扮成牵马奴隶的样子。对于能言马布里,它心里担心自己在南方待得年数太长,可能耳濡目染养成了很多世俗虚荣的做法。在经过塔什班城的时候,它的虚荣心的确表露无疑。它仍以拥有卡罗门战马的地位为傲,不甘心装扮成一匹做苦工的马,于是在这个过程中就表现得很不情愿。艾拉薇也一样,很不情愿装扮成奴隶,丢掉了自己的身份。在塔什班城中,只有一条交通规则,就是地位低的要给地位高的人让路。这条规则并不能缓解交通阻塞(反而造成混乱),而只是提醒人们行事都要以社会地位、家庭出身为标准。

当夏斯塔和同伴们正在路上小心翼翼地行走时,出现了一群完全不同于卡罗门国民的人。有六个从纳尼亚来的贵宾步行在人群中。他们明显和卡罗门人不同,却和夏斯塔一样肤色白皙,这让他们很扎眼地从众人中被区分出来。他们谈吐友善礼貌,带着轻松自然的欢乐,这也是卡罗门人身上没有的一种气质。夏斯塔就像童话中的丑小鸭一样,在看到美丽的天鹅时,就被强烈地吸引住,但又觉得心里自卑。在夏斯塔心底里,他最多只能想象自己不是一个奴隶,却从未敢想象自己有朝一日会和这些人一样尊贵。

戏剧性的一幕发生了,这群纳尼亚人居然看到夏斯塔,称呼他为阿钦兰王子。夏斯塔不知所措,又害怕陷入麻烦,于是就闭口不作任何回答。他的沉默被埃德蒙国王认为是一种消极态度,但这些纳尼亚人仍用各种友善和关切让他放松。夏斯塔更不敢暴露自己真实的身份了,他怕万一被当作探子,那就更加麻烦了。

当这群纳尼亚人开始彼此谈话时,夏斯塔发现,这群人似乎也陷入了困境之中。苏珊女王和埃德蒙国王这次拜访塔什班城的经历,越来越像是被这里的人绑架了。他们讨论该怎样拒绝城中王子向苏珊女王的求婚,以及如何能够智慧地离开那里。这些纳尼亚人所遵行的法则不是强权,而是良心和人格的尊严。正因此,他们才不愿意屈服于威胁和收买,不能因为利益让苏珊女王嫁给一个品格败坏、利欲熏心的王子。

当夏斯塔正在思考要怎样逃走时,一个与他相貌极为相似的男孩从窗口爬了进来。这位是真正的王子科林,显然他才是埃德蒙国王要找的那个男孩。夏斯塔简单地向科林解释了一下自己怎样被认错而被带到这里,科林承诺不会告诉其他人。奇妙的是,这两个男孩子瞬间因有一个共同的秘密而产生出一种友善的默契。当夏斯塔挥别科林时,他好像对自己也更多了一层了解。

　　而此时,艾拉薇的经历与男孩夏斯塔完全不同,她在城中遇到一位贵妇人,这位贵妇人是她的老朋友,她因此再次被贵族阶层的世俗风气所包围。但是,因为她曾经在逃跑路途中体验过什么是自由,那些塔什班城中所崇尚的奢华和名利,对她已经不再具有那么大的吸引力了。那位生活奢华但见识肤浅的贵妇人,仿佛让艾拉薇看到自己最不愿成为的样子。她也意识到,自己若到了北方,地位就会和夏斯塔一样,他们都是平等的,她不再拥有卡罗门的等级尊贵。但她现在却可以坦然接受这一新身份了。于是,她内心就更坚定地要继续往北方走。

🦁 两种国民

艾拉薇在离开塔什城之前，躲进一个密室，因此听到拉巴达什王子及几位城中贵族的谈话。这些人虽然穿着缀满珠宝的贵重服饰，但满脑子装的都是卑贱的密谋和野心。拉巴达什王子将纳尼亚人要离开塔什城的决定，说成是一项危及国家安全的大事，但实际上他只是想要满足自己占有苏珊女王的私心。对于他来说，只要能得到这个女人，牺牲再多卡罗门士兵都在所不惜。但是，他对苏珊所怀的并不是爱，而只是一种自私的占有欲。他口中甚至称苏珊是一个虚假、高傲、黑心的"狗女儿"。拉巴达什王子根本不把苏珊当作一个值得尊重的人，他的言语显明，他完全被自己的情欲所奴役。

细心的读者会发现，夏斯塔偷听到纳尼亚人之间的那场谈话，和艾拉薇偷听到的这段谈话，两者之间的反差极大，甚至具有很大讽刺意味。纳尼亚人凡事都尽可能坦诚公开，用良心和尊严作为行事的准则。卡罗门人虽然口口声声谈到尊严，但最终这一词语只是用来遮掩暴力政治的一块遮羞布。诡诈的卡罗门人无法理解纳尼亚人的诚实动机。他们不理解怎么会有人在进行重要决定时，首先考虑的是尊严和正直，而不是利益。相比之下，他们的动机总是赤裸裸的，不外乎贪婪和惧怕。他们的意念是昏暗的，因为他们被私欲捆绑，反而将别人的自由理解为是失序的、无益的。

在这个故事中，两个族群的人形成鲜明对比。塔什班人邪恶暴力、颠倒善恶；他们用科学或巫术来解释阿斯兰的公义干预，他们内心充满着权力的骄傲以及对弱者的蔑视、对正义和尊严的厌恶。相比之下,纳尼亚人(如埃德蒙和露西)却看重正直的品格、尊重他人,始终怀着对阿斯兰的敬畏和渴望。当夏斯塔在塔什班遇见这一群纳尼亚人时,他很自然地被他们身上洋溢出的喜乐和善良吸引了。读者后来会发现,连他们的相遇也是阿斯兰的奇妙护理。如果说夏斯塔在纳尼亚人身上看到的是光明和自由,并更加向往北方,那么艾拉薇在这些卡罗门人身上看到的就是黑暗和奴役,也驱使她下定决心要奔向北方。冥冥之中,他们各自的心意仿佛被更新:他们重新发现了人性的尊严和自由。

🦁 自由的代价

当四个同伴再次会合、一起艰难地穿越沙漠时,他们才深刻体会到,追求自由是需要付出代价的。沙漠之旅的熬炼,击打着他们的意志力。布里的生命状态也越来越难以支撑起它作为向导的角色了。而且,它里面的自私显露出来,它每次吃喝都抢在别人前面。布里表现得像一个被私欲捆绑的卡罗门人。反而是母马赫温显出纳尼亚马的高贵尊严,它不断提醒、激励同伴们说,这趟旅途就是为了去自由的纳尼亚。

男孩夏斯塔一路经历很多凶险:被狮子追、被人抓走、在墓地里过夜、在野兽的嚎叫声中逃出沙漠、忍受干渴和饥饿。当他快到达目的地时,又遭遇一头狮子的攻击,连女孩艾拉薇也被严重抓伤了。

这时,满身疲惫和伤痕的夏斯塔,才开始细细地回顾自己所经历的。他不知道自己是谁,也不清楚要去的地方是否真的是一个友善、自由之地。他无法解释自己的命运为何有如此多的苦难

不幸。他沮丧地自言自语说:"我真的认为,我肯定是这个世界上最不幸的人。人人都事事顺利,只有我不是。"他的内心饱受煎熬,人生跌入了困惑的深渊,就在这个时候,一头庞然大物出现在他身边。

　　一阵突如其来的恐惧使他结束了这种伤感。夏斯塔发现有个人或什么东西在他身边走着。……这位看不见的同伴的肺活量似乎很大,夏斯塔感觉是个庞然大物。他是逐渐注意到这种呼吸声的,不知道已经出现了多久,这令他感到十分惊恐。……庞然大物(如果不是人的话)继续在他身边走着,十分安静。夏斯塔希望这一切只是他自己的想象。然而,当他对这一想法变得越来越肯定的时候,他身旁的黑暗中突然传来一声深深的、浑厚的叹息。这不可能是幻觉!不管怎样,他已经感觉到那声叹息喷出的热气吹到了他冰凉的手上。(第 127—128 页)

令人惊奇的是,这个庞大的同伴开始与夏斯塔对话起来。听完男孩自怜的叙述之后,他说:"我不认为你不幸。"接着,令夏斯塔更加吃惊的是,他还说,男孩所遭遇的那些危险,其实都出于他这头庞然大物,他说:"我就是那头狮子。"他说,是他用吼声逼夏斯塔与艾拉薇结伴而行,是他在墓地里给夏斯塔安慰,是他在男孩熟睡时驱逐野狼。最后,狮子甚至还给夏斯塔解开了他自己的出生之谜:

> 我就是当年那头狮子,你已经记不得了,那时候你奄奄一息,躺在一只小船上,我把船推到一片海滩上,有一个半夜还没有睡觉的渔夫坐在那里,是他收留了你。(第129页)

夏斯塔惊讶地问:"你是谁?"那个声音重复了三次,说道,我是"我自己"。听完这一宣告的夏斯塔,突然间心中放下了恐惧,随之而来感受到一阵阵的轻松和愉悦。

当他们继续交谈时,一道金光从左侧照在夏斯塔身上,他以为是太阳出来了,但转头看,却发现金光是从这头庞大的狮子身上发出来的。没有什么比这一景象"更可怕、更美丽了"。这头让人既畏惧又感到安慰的狮子,就是阿斯兰。夏斯塔亲眼看见阿斯兰后的反应,也让他自己吓了一跳:

> 他一看见狮王的脸,就立刻翻身下马,跪在狮王脚下。他什么话也说不出来,什么话也不想说,而且他明白,什么话也不需要说。(第130—131页)

夏斯塔与狮王面对面时,仿佛一切问题都得到了解答,一切关于苦难的发问,也都不再重要了。他在狮王面前静默,也享受一种从未有过的安宁和安全。他感受到,自己终于到家了。

🦁 认识你自己

在《纳尼亚传奇》七个故事中,阿斯兰的出现总让人认识到真正的自己,让人认识到自己远不是自己所以为的那个样子。在夏斯塔此前的经历中,阿斯兰一直隐秘地陪伴着他,也让夏斯塔更加认识到自己:当阿斯兰抓伤赫温时,夏斯塔表现得非常勇敢和高贵,甚至连他自己都不曾意识到拥有这样的品质。当夏斯塔无法让因惧怕而逃走的布里转头时,无奈只能自己下马,冒险用身体挡住狮子。在布里逃跑、艾拉薇被抓伤、赫温累垮的时候,夏斯塔成了这次旅途的唯一领袖。他是唯一可以继续前行的人。

布里也在面对阿斯兰时,真正认清了自己。当布里还是小马驹的时候,它就被人从纳尼亚拐卖到了南方,沦落为人类的奴隶。

它隐藏自己作为纳尼亚自由公民、会说话的本性,假装和人类的马一样愚笨、不会说话。即便它清楚自己的出身是自由战马,有高贵的使命(为纳尼亚和阿斯兰而战斗),在卡罗门时他也向往纳尼亚王国,但因为长久居住在奴役之国,在生活习惯和信心上都已经潜移默化地受到影响,沾染了不良的习气。它有些自负,以人生阅历和世俗智慧为夸口。

当布里经历千辛万苦回到纳尼亚边境,甚至当阿斯兰亲自显现在它身边时,它却仍以人类的世故来谈论阿斯兰是谁。这一幕非常具有讽刺意味,像圣经中耶稣对多马的显现一样(约20:24—29)。当时,布里正半闭着眼睛,以一种长辈的口气说着……狮子从墙头跳进来,从背后悄悄接近布里,没有一点儿声音。

> "毫无疑问,"布里继续说道,"当人们说他是狮子时,他们的意思是说他像狮子一样强壮,或者——当然是对我们的敌人而言——像狮子一样凶猛,诸如此类的意思吧。………………把他真的当作一头狮子是十分荒谬的,而且也是大不敬。如果他是头狮子,那么,他就同我们一样是兽类了。呃!"说到这儿,布里开始哈哈大笑起来,"如果他是头狮子,他就得有四只爪子,一条尾巴,还有胡子……"(第156—157页)

没等他说完,狮王就跳到他眼前。狮王让布里进前来靠近他,仔细来端详他的爪子、尾巴和胡子。布里这时才颤抖着意识到自己信心的愚钝。它终于明白了,自由不是到了一个地方才获得的,而是真正在内心里获得释放,只有认识那一位赐自由的王时,才有真正的自由。真自由乃是脱去罪恶的奴役,来到自由之王面前。正如一首赞美诗所写的:

> 你的灵啊,在哪里,
>
> 哪里就有自由;
>
> 世界虽有劳苦重担,
>
> 求你灵来,赐我自由。

直到夏斯塔再次和同他模样相似的科林王子相遇时,他的身世之谜才得以解开:原来这对双胞胎兄弟在出生一周之后,就被带到纳尼亚一位年长的马人智者那里去接受祝福。马人看到婴儿夏斯塔就说,这个孩子会将他的国家从危难中拯救出来。一个奸恶的勋爵听了以后,下定决心要除掉小王子,就把婴儿绑架并

带到海上。一番激战之后，勋爵死了，但装有孩子的小艇不见了。后来，暗中护理一切的狮王阿斯兰将小艇推上了岸，小孩子就被贪婪的渔夫收养了。

路易斯用夏斯塔对自己出身的疑惑、对北方的向往，传递出一种对于身份归属的强烈渴望。这是一种天路客旅途上的渴望，他想要明白自己究竟是谁，来自何方，又要去向何处。和夏斯塔一样，每个人都会盼望拥有一种亲密的父爱关系，尊贵的出身，和一个可以为之作战的国。这种渴望是眼前的庸碌生活不能填补的。上帝也用这一渴望在人心中作工，与他对万物的护理一同效力，以至于让选民得着真自由。

隐秘的护理

人在经历患难时，会感受到孤独，觉得是独自一人在承受这些苦难。此时，我们会像男孩夏斯塔那样，心中容易生出自怜自爱。但阿斯兰却说，夏斯塔并不是一个不幸的人，因为他从来都不是孤独一人在承受看似多舛的命运。自始至终，有一位他没有看见的良善的阿斯兰守护、引导着他的人生。夏斯塔没有意识到，他自出生以来，一直是在阿斯兰大能的护庇之下。他生命中每一个波澜，都是出于阿斯兰那良善美好的计划。正如《诗篇》第 91 篇所说："他必用自己的翎毛遮蔽你。你要投靠在他的翅膀底下。他的诚实是大小的盾牌。你必不怕黑夜的惊骇，或是白日飞的箭。……祸患必不临到你，灾害也不挨近你的帐棚。"也正如一首赞美诗所说的：

任遭何事不要惊怕，天父必看顾你；
必将你藏他恩翅下，天父必看顾你。
无论你遇何种试炼，天父必看顾你；
软弱疲倦靠他胸前，天父必看顾你。

这位看顾他的君王向夏斯塔所怀的意念，是"赐平安的意念，不是降灾祸的意念"，为要叫他在"末后有指望"（耶29：11）。如同约瑟一样，夏斯塔被掳到异邦为奴，但在阿斯兰隐藏的计划中是为了将来可以拯救夏斯塔一族的人。夏斯塔最终也可以像约瑟一样说出，王的意思"原是好的，要保全许多人的性命，成就今日的光景"（创50：20）。在狮王隐秘的护理中，男孩夏斯塔被放在一个无可取代的重要位置上，好让他在危机之时成为扭转困局的一个环节。这也令人联想到古以色列皇后以斯帖的故事。在那一卷圣经中，上帝的名虽然都没有出现过，但他的护理无处不在。

我们若认真思考一下，就会认识到，至圣者必然是一位自隐的王。他的圣洁有别于凡人，所以人们用肉眼很少看得见他的真体；他的能力超越万民，因此他可以超越历史之上，又居住于历史之中——"历史就是他的故事"（history is His story）。

同时，他也是每一个人生命故事的隐秘主角，正如夏斯塔后来说的，阿斯兰好像在"所有故事"的背后。在人一生所走过的心路历程中，特别是在孤独无助的"死荫幽谷"中，人的灵魂才会更敏感于上帝的同在。正如夏斯塔在最自怜自己出身的不幸时，突然感受到狮王吹在他身上的气息。当狮王聆听夏斯塔讲述自己的苦难身世时,他提醒男孩,每个人都要面对自己故事中的那一位王。对于贵族女孩艾拉薇,狮王也是如此帮助她回顾自己的过往,甚至要用爪子在她背上留下血痕,来纠正她过去对别人的伤害,补偿她的过失。这一位隐秘的王,不只给人及时的安慰,也要对付人生命中的罪,因他"万不以有罪的为无罪,必追讨他的罪"(出34:7)。

狮王阿斯兰的护理也体现在战争细节中。当拉巴达什王子不宣而战攻打纳尼亚时,他因盔甲背后的一个洞偶然被城墙上的钩子挂住而滑稽地失败了,甚至成了众人的笑柄。这一细节也是阿斯兰的隐秘护理,因为战争的胜败都在乎他的心意。

阅读指导

　　如果读者是第一次接触这个故事，或第一次给自己的孩子读这个故事，需要至少通读一遍整本书。你可以用第一部分关于故事情节的问题，来与孩子讨论。第一遍阅读不需要做过多神学上的引导和解释，让孩子自由地沉浸在故事中。

　　在孩子大致明白了主要故事情节和人物之后，可以与孩子讨论下面第二部分关于神学主题的问题。这里给出的答案，不是让家长或老师僵化地塞给孩子。最好先尽量引导孩子用自己的语言表述出来，然后按答案所提示的，引导孩子思考。

关于故事
情节的问题

　　1. 为什么渔夫对他的儿子夏斯塔不好？

　　2. 从南边来的陌生人怎样看出来渔夫不是夏斯塔的亲生父亲？他为什么想要买这个男孩？

　　3. 夏斯塔偷听到这两人的谈话之后，有什么感受？

　　4. 他为什么想知道这个陌生人是好人还是坏人？

5. 是谁告诉他这个陌生人是个大恶人的？

6. 能言马为什么一直伪装成愚笨的南方马？

7. 男孩和能言马为什么觉得一起逃跑是个好办法？

8. 男孩与马逃跑后，在被狮子追的同时，又发现了谁？

9. 女孩艾拉薇为什么要逃离南方？

10. 她是怎么发现自己的母马也是一匹纳尼亚的能言马的？

11. 当他们到达塔什班城时，一群纳尼亚人为什么抓住了夏斯塔？

12. 当夏斯塔被他们错当作科林王子后，他遇到哪些人？

13. 苏珊女王当时遇到了怎样的危险？

14. 当真正的科林王子从窗口爬回来时，夏斯塔发现了什么？

15. 夏斯塔在墓园经历了什么？

16. 艾拉薇在塔什班城的一个密室中听到了什么？

17. 这时出现的一头狮子攻击了艾拉薇，是谁在关键时候救了她？

18. 当夏斯塔独自一人继续向北方走的时候，他为什么开始觉得自己是世界上最不幸的人？

19. 这时夏斯塔身边出现了什么？他怎样认识到，这个庞然大物是真的与他同行、一直在他左右的？

20. 狮子为什么说夏斯塔不是世上最不幸的人？他告诉夏斯塔自己是谁？

21. 夏斯塔面对面见到狮王后是怎样一种感受？

22. 邪恶的拉巴达什王子是怎样战败的？

23. 伦恩国王宣布了夏斯塔的身份,夏斯塔是谁?

24. 回到纳尼亚的能言马布里为什么反而不相信阿斯兰是一头狮子? 阿斯兰怎样回应了他?

2 关于神学主题的问题

1. 夏斯塔从幼年就经历了很多患难,阿斯兰为什么并不认为他不幸? 阿斯兰是怎样看顾他的?

从夏斯塔还是小婴孩的时候,阿斯兰就一直护估着他。实际上,尽管阿斯兰安排他经历了一切艰难,却一直与他同在,他所经历的一切都在阿斯兰美好的计划中。他从来都不是孤单的。

2. 阿斯兰为什么说,每个人都要面对自己的故事? 每个人的故事与阿斯兰有什么关系?

每个人都要为自己的言行负责,也要独自经历自己生命的成长。但是,阿斯兰知道每个人的心,他也计划了每个人在世上的道路。所以,每个人的故事,到最终都融入到阿斯兰的故事里。

3. 从小被奴役的能言马布里所渴望的自由是怎样的? 但当布里回到纳尼亚时,布里为什么又疑惑了?

布里所渴望的自由是外在的,也包括尊严和平等。但是,它多年长在异乡,已经被异教风俗同化了,有很多不圣洁的恶习。它意识到,心里的罪才是让它不自由的力量。

自由不是突破外在的约束,而是不被罪捆绑。真自由是一种免于罪的状态。"天父的儿子若叫你们自由,你们就真自由了。"

(约 8：36)

4. 当敬虔人被恶人围困时,他们的盼望在哪里?

邪恶之人可能势力很大,但最终掌管众人结局的,是一位良善的王。阿斯兰看顾他子民,他才是敬虔之人的盼望。"恶人夸胜是暂时的"(伯 20：5);"耶和华的眼目,看顾敬畏他的人和仰望他慈爱的人。"(诗 33：18)

《银椅》
穿越影子世界

我们如今仿佛对着镜子观看,模糊不清。

——《哥林多前书》13:12

你们要思念上面的事,不要思念地上的事。

——《歌罗西书》3:2

　　和《凯斯宾王子》一样,《银椅》①也是一个关于信心的故事,但又略有差别。如果说《凯斯宾王子》谈到的是人的信心是如何开始的,那么《银椅》的主题就是信心是如何被人所持守,人如何倚靠信心而生活,也就是人该怎样凭信心胜过世上各种试探,信靠并顺服那一位王者口中说出的话。路易斯在写《银椅》的同时,还写了一篇题为"信之固执"的文章。在那篇文章中,他讨论的是口头宣信和始终信靠之间的区别。《银椅》的故事也同样解释并描绘出了这个真理。

　　在《黎明踏浪号》中,凯斯宾王子再次回到纳尼亚,《银椅》则是几十年后所发生的事情。此时的凯斯宾国王已经年迈,他的儿子瑞廉王子却意外失踪了。两个孩子(男孩尤斯塔斯和女孩吉尔)被阿斯兰从英国呼召到纳尼亚,来帮助纳尼亚人解决这场危机,救出王子。

🦁 谨守遵行

　　尤斯塔斯和吉尔都在一个奉行进步价值观的学校上学。吉尔常受到别的孩子欺负。一次偶然的机会,好心的尤斯塔斯和她

---

① C. S. 路易斯:《银椅》,毛子欣等译,人民邮电出版社,2015 年。

谈论到关于纳尼亚的经历。有一天,两个孩子一起想要进入纳尼亚。吉尔以为他们可以用巫术的方法来召唤阿斯兰,但却被尤斯塔斯制止了。

　　"你说我们是不是得先在地上画个圈儿,在里面写一些古怪的文字,然后站在里面,再念些咒语什么的?"

　　"哦,"尤斯塔斯苦苦思索了一会儿,说,"我倒也想过这个办法,可从来没试过。这是关键。我总觉得画圈呀什么的太老套。凭这手那个人不但不会帮我们,反而会觉得我们想要挟他办事。可不管怎么说,这事还就得求他。"(第5—6页)

古斯塔斯因为上次亲身经历过阿斯兰,知道狮王被人所敬

畏,而不能被人所操纵。正如阿斯兰后来对他们说的,"除非是我联系你们,否则你们永远联系不上我。"

随后,两个孩子被带到一个高山上。吉尔的任性导致他们落入了危险。此时,尤斯塔斯为了救吉尔摔下悬崖,但他实际上被阿斯兰吹到另外一个地方。吉尔独自哭了很久,觉得渴了。然后,她就在水泉边看到了一头狮子。狮子主动邀请她来喝泉水,但吉尔又怕又觉得更渴。她想要另外找一个水源,但狮子告诉她说,这是唯一的泉源。吉尔只好喝了,顿时觉得水实在太解渴了。随后,狮子询问她的同伴去哪里了,并指出吉尔所说的并不是整个事情的真相。直到吉尔承认了自己的过犯,阿斯兰才温柔地鼓励她继续讲真话。

在这个情节中,路易斯刻意将"撒玛利亚井边妇人"的形象(约4：1—42),借用在吉尔的身上。她一开始并不相信阿斯兰,但却在与阿斯兰面对面的交谈中,看见了自己的罪。吉尔一开始也并没有信心,但她面对面见过阿斯兰之后,就不能否认狮王与自己的关系了。

最后,狮王给了女孩吉尔四个提示,来帮助他们完成这次的任务。第一个提示是,他们遇到第一位亲密的老朋友时,要立刻上去打招呼。第二是,他们必须一直往北走,到达古代巨人们留下的废墟城市。第三是,要按废墟中一座石碑上所写的文字去做。第四是,找到那个失踪的王子。狮王命令她务必记住并每天重复这四个提示,好让她能熟记于胸。

首先你还是要记牢那些提示,记牢,记牢,一定记牢。早上起床,晚上睡觉,夜间醒来,都要背一背。不管遇上什么意外,脑子都不要乱,一定按提示行事。其次,我要警告你,在这座山上,我已经对你说得很清楚了,到了纳尼亚,我就不会再对你说这些了。这座山上的空气是清新的,你的脑子也是清楚的,可你一旦降落到纳尼亚,空气就变得污浊了。要特别注意,别让那里的空气搅乱了你的思维。……别被事物的外表迷惑,这非常重要。(第20页)

阿斯兰从一开始就要求尤斯塔斯和吉尔在任何时候都要信靠他,哪怕是事情有悖于他们的感官、想象力甚至智力的时候。狮王提醒说,吉尔在阿斯兰的高山上还能很容易地做到,但等下山后,进入各种纷杂的事务中,这就成了非常困难的事。阿斯兰提前警告吉尔,在山下污浊的空气中会有一股属灵势力,这股势力不但会搅乱人的思维,也用相反的外表来迷惑人,让人失去属灵判断。

人在世上的判断直接受到五官所观察的、渴望的和惧怕的事物所影响。正如圣经所说,"今世的风俗"中就有"空中掌权者"在牵引人的心思,让人背离真道(弗2:2)。很多时候,我们身边可见的现象和世俗智慧,看起来好像比上帝的诫命更贴近真实,但这就是那股属灵势力的可怕之处——它借助我们的感官感受,构造了一种次级存在,让居住在里面的人毫不察觉。此外,人还要面对一些很诡诈的仇敌,就是魔鬼和他的帮凶们。路易斯想要突出的美德,就是一种"固执的信心",不容现象层面的怀疑阻拦人信心的坚持。

无处不在的试探

　　吉尔作为刚刚来到纳尼亚世界的一位新人,在懵懵懂懂中,背诵了几遍阿斯兰所交代必须牢记的话。在一段时间后,她却渐渐疏忽了这些命令的重要性。毕竟,对于一个初来到纳尼亚、满怀好奇性的小女孩来说,这里有数不清的奇景让她观看,使她眼花缭乱。她很快被这些事物所吸引,逐渐忘记了自己还肩负着重要的使命。果然正如阿斯兰所警告的那样,这两个孩子在争论中错失了阿斯兰所要求他们做的第一件事情。尽管尤斯塔斯并不知道吉尔从阿斯兰那里听到的几个诫命,然而等他知道的时候,却为时已晚。一条载着凯斯宾国王的船,已经离开了港口。

"这么说国王和你算是老朋友喽?"吉尔问。一个可怕的念头向她袭来。

"的确是我的老朋友,"斯可罗布痛苦地说,"称得上是一个人能结交的最好的朋友。上次来的时候他只比我大几岁。这次来他却成了个白胡子老头儿……"

"住嘴!"吉尔实在听不下去了,"事情比你想的还要糟得多。我们已经错过了执行阿斯兰第一条指令的时机。"……"阿斯兰预料得真准,你还真看见了一位老朋友。你本应该上前和他说话,可你偏偏没去。事情一开始就搞砸了。"(第34页)

此后,尤斯塔斯和吉尔从纳尼亚的动物口中得知,瑞廉王子(就是凯斯宾国王的儿子)十年前陪王后骑马外出时,王后被一条青灰色毒蛇咬伤而死。此后王子就一直在沼泽地寻找这条毒蛇,试图杀了它为母亲报仇。然而,过了一段时间,王子的性情突然变了。再后来,他在母亲遇难的泉水边遇见了一位美丽的女人,从此就失魂落魄,朝思暮想。直到有一天晚上,他独自骑马出宫,此后就再也没有回来。大家都认为,那个女人就是当年咬死王后的青蛇。如果那样的话,王子一定是被绿女巫施了魔法掳走了。

两个孩子在沼泽遇到一个愿意与他们一起往北方前行的同伴,它就是沼泽怪普德格伦。路易斯在这个故事里,又发明了一种新的生物类别,就是沼泽怪。它的身体像矮人,但却比大多数人类还要高,因为它有长手臂和腿,手指和指头都连在一起。这

类生物对于新鲜的事物常常不太好奇,并且对于改变的状况也怀
着一种审慎的态度。正因为如此,最后它才能在关键时刻,提醒
孩子们远离可能临近的危险。

　　实际上,沼泽怪普德格伦的悲观主义背后,却有一种对阿斯
兰的持久、坚忍的信心。与孩子们年幼的热情相比,它看似消极
老成,但它里面有一种对永恒之事的简单满足。当孩子们为将要
开始的冒险旅程兴奋不已时,沼泽怪普德格伦却预期这将是一条
患难之路。它的悲观主义可以被理解为一种谦卑的人生态度,内
心中缺乏过多追求世上愉悦之事的渴望,也就很难经历什么失
望。孩子们一路上因各种试探生出不同形式的虚假盼望来,也经
历了过山车似的失望和惧怕。相比之下,从某种程度上说,沼泽
怪普德格伦是一个自由的纳尼亚人,心中没有牵绊。

　　这次,吉尔想起了阿斯兰让他们往北找到巨人废墟城市的指令。旅行途中,他们遇到一位绿衣夫人,她似乎非常热心地想要帮助他们,告诉吉尔他们说废墟很难找,接着又说,附近有一个斯文巨人的哈方城堡,那里有热水澡和美食,让他们不妨去那边休息一下。沼泽怪很警惕,它的小心儆醒,使得它能看穿掩藏在这位夫人华丽外表下的邪恶,它意识到这些事物背后可能存在极大的试探。它提出一些质疑,例如,荒原上怎么会出现这样一个华丽装束的女人,她一定是不怀好意的。而且,沼泽怪说自己只看到另外一匹马,马上面是一副满身盔甲,却无法让人看到任何表情,也无法知道盔甲里面究竟是什么,这些都显得异常可疑。

　　两个孩子怪它总是把人往坏处想。三个同伴为此爆发了一场争吵。沼泽怪无奈地依从了吉尔和尤斯塔斯,但嘱咐他们说,不能将此行目的泄露给巨人们。这一个决定,已经让邪恶的力量开始分裂这个原本团结一致的团契,他们彼此之间开始了相互指责和猜忌。这里不仅仅是因为邪恶势力的影响,也混杂着孩子们心里原本就有的私欲。

　　　不管那位夫人给孩子们讲哈方的情况是出于什么意图,实际上对他们反而起了坏作用。他们现在没别的心思,只盼望舒舒服服的床、热水澡和热腾腾的饭菜,以及惬意的室内环境。现在,他俩闭口不谈阿斯兰,也不提什么失踪的王子了。吉尔也不再坚持每晚睡觉前、每早起床后背诵阿斯兰的指示了。……他们彼此之间也好,对普德格伦也好,都变得

更加暴躁,动不动就大发脾气。(第71—72页)

当他们踏上旅途时,山已经挡住了光线,让他们难以看清前面的路。在艰苦的摸索中,寒风越来越刺骨,孩子们也不断摔倒,掉进沟里。当沼泽怪询问吉尔,她是否记错阿斯兰的指示,女孩却说,"我现在可没心情在这里背那玩意儿。"这时,沼泽怪依旧不断提醒孩子们,阿斯兰才是他们唯一的引导。

当他们来到巨人城堡时,吉尔居然奉绿衣夫人的名向巨人们问安。他们得到了巨人国王和王后很友善的接待,不仅换上新衣服、吃了美食,还住在了巨大宫殿的卧室中。但是,当天晚上,阿

斯兰出现在吉尔的梦中,他用梦境提醒吉尔,他们所经历的舒适,其实是很危险的。

> 这头真正的狮子,和她在另外那个世界的山上看到的狮子一模一样。……尽管她想不起是怎么回事,但眼泪还是刷刷地往下淌,把枕头都弄湿了。狮子要求她按顺序背一下指示,她非常吃惊地发现自己已经把指示忘光了。……阿斯兰把她叫到床前让她往外看,外面晴空明月,在天上或地上(她不知道是哪儿),她看到了几个醒目的大字:"在我下面"。接着,梦境消失了。第二天吉尔很晚才醒来,梦里的事她已经完全不记得了。(第 90 页)

当三个同伴借着日光从城堡往下看时,他们发现自己已经错过了一片废墟,而路面中间写着几个大字:"在我下面"。这时尤斯塔斯才意识到,他们已经接连错过了两条阿斯兰所给的指令。吉尔也想起了昨晚的梦。他们对自己各自的失误进行了深刻反思。沼泽怪认为,这些字是阿斯兰留下的,意思是让他们到废墟下面寻找王子。沼泽怪再次重申,阿斯兰的命令始终是对的,从来没有发生过例外。孩子们从此开始愿意听取它的建议。而当时,他们只能再在城堡里待着,等候时机溜出去。

在城堡里,沼泽怪发现,这些巨人给他们吃的鹿肉,实际上是一匹会说话的能言鹿。对于纳尼亚的居民而言,这就是谋杀!孩子们也体会到这种可怕的感觉。他们又翻出一本巨人菜谱,里面特别地注明了如何烹调人类的一页。这才让他们意识到,这些巨

人是要准备吃掉他们的。若不是阿斯兰用梦境警告他们,估计他们真的会成为巨人宴会中的特别大餐了。惊恐之下,他们机智地寻找到机会,匆匆地逃出城堡,转进了那个废墟的洞口。

路易斯借此表明一个基督教信仰的核心真理:人只有先信靠,才能明白(faith before understanding)。不管阿斯兰的诚命看起来多么不合理、不可能,但因为发出命令的这位狮王是信实的、良善的、大有能力的,人的责任就应该是信靠顺服。常常到了后来,人们才会明白为什么需要这样做。正如一首赞美诗所写的:

> 只要遵主旨意,主肯与我同行,
> 信靠顺服,主必肯同行。
> 信靠顺服,此外不能蒙福,
> 若要得主里喜乐,只要信靠顺服。

直到现在,通过经历这些惊心动魄的危险,孩子们才学会相信只有顺服、遵守阿斯兰的诫命,才能避免如此多的试探和诡计。在磨难和试探之后,孩子们和沼泽怪意识到,他们必须要小心翼翼地寻找阿斯兰所给的第三个征兆了。

影子世界

在地底下,看守地下王国的人发现了他们,抓住他们,要带去见地下王国的女王。他们走了很远的路,看到很多阴森黑暗的景观。后来,他们被送上一艘船,船一直朝着漆黑的夜色划去。吉尔开始恐惧起来,不知道自己要遭遇什么事。沼泽怪安慰她说:"别灰心,吉尔。记准一件事,我们现在又走上了正道。我们要到废墟城的下面,而我们现在已经在它的下面了,我们在按阿斯兰的旨意行事。"但是,船上吃了睡、睡了吃的时间,让他们好像渐渐进入一种幻觉,似乎自己一直是活在这个船上、这样的黑暗之中。他们已经想不起来阳光、蓝天和小鸟,怀疑那些是不是只

是一场梦。然后,他们来到一座地下城市。这里人山人海,都在忙碌着,但却没有任何声音。忙碌的人们,脸上都显出悲苦和古怪的表情,对三个外来人也没有兴趣。

路易斯用地下影子世界,演绎了柏拉图的洞穴寓言。一直居住在洞穴中的人们,只能看到洞穴的山壁,从他们背后远方,有东西发出火光,投射在山壁上,产生一些活动的影子。人们一直看到的都只是这些影子,但他们却深信这些都是真实的事物。在《银椅》的地下世界中,人们活在一种脱离现实实在的虚幻生活场景中,他们既不相信有太阳存在,也不相信有阿斯兰。虚假的信仰带来虚空的生命,因此这个地下社会弥漫着一种死寂和悲伤。不过,反而在此时,沼泽怪肯定地对孩子们说,他们终于行在阿斯兰旨意的正路上了,那就要等候下一个征兆出现。

后来,边防官带他们进入一个城堡。在一个有金黄色灯光的华丽房间里,他们见到了一位年轻的金发男子,他脸色苍白,介绍说自己是绿衣夫人的随从。当尤斯塔斯表达出对那个女人的不屑时,这位男子很积极地为地下王国的女王辩护了一番:

> 要不是看你还是个小孩子,小家伙儿,我就要为你说出的话决一死战了,我不能容忍任何人说有损夫人荣誉的话。有一点我得说明一下,无论她跟你们说了什么,她都是好心。你们根本不了解她,她是一株美丽的花朵,集所有的美德于一身,比如坦诚、仁慈、坚毅、温柔、勇猛等。我说的都是实话,单说她对我的仁慈,我就回报不尽,可以写成一部令人赞叹的书了。(第 119 页)

然后,这个男子开始讲起他的故事来。他说自己被夫人从一种可怕的魔法中拯救了出来。不过,他每天晚上都有一个小时会经历像疯子一样的癫狂,所以要被捆在一个银椅上。他说夫人是神,是这个国家的律法,他什么都会听从她的。吉尔觉得这个人的神情不太正常。男子邀请他们今晚可以陪伴他度过说疯话的一个小时。但他要求三个同伴庄严承诺,不论发生任何事,都不能帮他解开捆绑。孩子们和沼泽怪郑重地做出了承诺。

当男子被绑在银椅上,呻吟挣扎一会儿后,吉尔反而觉得他的表情正常了,不那么令人讨厌了。原来这一个小时,才是他真正恢复理智、头脑清醒的时间,是阿斯兰给他的恩赐。实际上,每天其他二十三个小时,他才真正处于迷惑和神智不清的煎熬之中。清醒后的他恳求三个人将他从椅子上松绑,然而尤斯塔斯他们还分不清这人到底是敌人还是朋友,是巫师还是俘虏,显得犹豫不决。这一幕可能是整个《纳尼亚传奇》中最复杂的,孩子们和沼泽怪陷入一个决策的困境中,各种冲突的想法和情感在他们三人心中翻腾。他们很难决定,到底要释放这个男子,还是要按此前的承诺,任凭他被绑着。最后,没想到这个男子终于说出了一句让他们惊诧万分的话:

> "我说最后一遍,"绑在椅子上的人喊,"求你们把我放了。我以所有的惧怕和爱的名义,以上面世界青天的名义,以伟大的狮王阿斯兰本人的名义,我命令你们……"(第130页)

三个同伴一下子意识到,这就是阿斯兰最后所给的那个指令。他们还是心中挣扎着不知道该怎样才好。他们觉得之前犯了很多错,这一次不能再错了。男子说出"阿斯兰"的名字,一定不只是碰巧的事,正如沼泽怪刚刚说过的,根本没有什么事是巧合。况且这一情节真的与阿斯兰的第四个预兆吻合。但是,如果放了这人,他会不会杀死他们? 三个同伴最后含着眼泪,拿起剑,一边说"看在阿斯兰的分上",一边割断了绳子。

这个男子起来,愤怒地用剑把银椅砍碎,说这就是女妖的魔法工具。然后,他看到沼泽怪的时候,就想起了纳尼亚。原来他就是真正的瑞廉王子,凯斯宾国王那个失踪十多年的儿子。

绿衣夫人此时进来了,当她看到银椅已经砍碎,王子神智清醒时,脸色大变。但她一开始对王子说话,瑞廉王子就仿佛又被一股邪恶的属灵势力所笼罩控制。他想要与女妖理论,说自己不能入侵别的国家,而且自己原本是纳尼亚国王的儿子,那个国家就是属于自己的。

女妖一言不发，随手将一把绿色粉末撒进火里，房间里立刻有一股香甜味儿。四个人的思维开始迟钝起来。接着，女妖开始弹奏一个乐器，它的声音也钻入每个人的大脑和神经。女妖坐下来，开始与他们谈论关于纳尼亚的事。

首先，她开始质疑有一个上面的世界存在。当尤斯塔斯说到，上面有天空、太阳和星星时，她嘲笑这些只是他们的幻觉。吉尔察觉出魔法的力量，感到很恼火，但随后也渐渐迷迷糊糊了。

"对啊，那本来就是场梦嘛。"女巫一边说着，手里还在一边噔噔地弹着琴。

"是，是梦。"吉尔说。

"本来就没有什么上面的世界。"女巫顺着说。

"是，"吉尔和斯可罗布（尤斯塔斯）同时说，"本来就没有那种地方。"（第 137 页）

沼泽怪仍努力用理智顶着,让自己不要陷入试探。他说仍记得自己在那个世界生活过,那里有太阳,亮得让人不敢正视。这一番话让另外三个人醒悟过来,想起来他们都见过太阳。女巫又继续用温柔的声音质疑说,"你们说的太阳是什么? 那个词儿有含义吗?"王子就用房间里的灯来比喻太阳怎样发光。这正中了女巫的邪恶思路——他们也只能借着可见的物体,来比喻太阳,就像编出来的一样。

> "你们只是在梦里见过太阳罢了,梦里的东西每一样都像灯。灯的确有,可太阳只是编出来的故事,是个童话。"
> "对呀,这下我可明白了,"吉尔说,她的语音沉重、绝望,"肯定是这样的。"她看上去真觉得女巫的话很有道理。
> (第138页)

如果说曾让纳尼亚陷入一百年寒冬的女巫贾迪斯的魔法,厉害之处在于她能用暴力将不顺服的人变成石头,那么这个绿女巫的伎俩则更加险恶,因为她是用心计魔法攻破人的认知和意志力。绿色粉末和乐器是辅助手段,让对方心意迷乱。她诡诈的辩论之术,才是真正可怕的魔法。她可以借助虚妄的逻辑和模糊的思考,来控制人的思想。这一段对话,可以说是《纳尼亚传奇》中最具哲学性的内容。路易斯在这里揭示出,现代启蒙运动之后的时代中,思辨的迷惑性并不亚于邪恶的魔法。

瑞廉王子对女巫的回应是基于信念的,他现在知道自己是谁,他也知道自己的国家就是纳尼亚,而且他决意要回到那里去。

沼泽怪的逻辑是基于经验的,它知道纳尼亚存在,是因为它一直生活在那里。对于这些回应,绿女巫根本没有直接反驳,而是不断挑战他们在理念上去怀疑,将他们提出的概念(太阳、天空、阿斯兰等)都加以解构,说他们的认识都是不符合逻辑的,都是将地下的事物投射到自己的想象之中——显然路易斯在这点上反驳现代宗教投射理论如斯金纳和唯物主义者费尔巴哈的理论。她利用音乐、熏香和反复重复的洗脑活动,让王子和三个同伴都放弃使用逻辑,只机械地重复她所说的,甚至否定阿斯兰的存在。

　　就在关键时刻,沼泽怪心中仍存留的一丝儆醒,让它宁愿把自己的脚放在女巫的火中烧烂,来熄灭熏香的邪恶影响力。剧烈的疼痛感让沼泽怪更加清醒,它想起了太阳、天空和阿斯兰。它

大声宣告自己的信心说,就算没有一个叫纳尼亚的地方,它也要活得像一个纳尼亚国民!沼泽怪活出了路易斯所称的"顽固的信心"。阿斯兰的国,对于它来说,比珍珠还要宝贵,是它不能放弃的。它持守一种经历过真实的实在的经验,来拒绝信服任何脱离实在、看似符合逻辑却毫无前提的诡辩。女巫试图通过魔法,让他们忘记真实存在的实在世界而堕入到影子世界的迷惑中,在沼泽怪这里却失败了。最终,众人依靠阿斯兰的力量和勇气击败了女巫,顺利地带回了瑞廉王子。

阿斯兰的山上

在故事的结尾,两个孩子又回到了阿斯兰的高山上,就像故事一开始那样。他们来到了吉尔之前喝过泉水的地方,他们看到了凯斯宾国王的尸体——他因为老迈而离开了世界,正躺在清澈的水里。尤斯塔斯惊讶地看着自己的这位老朋友的尸体。阿斯兰也感叹说,人都会死,连他自己也曾经死过。但让男孩更惊讶的是(和《魔法师的外甥》中的狄哥里一样),他也看到了狮王的泪珠。

后来,阿斯兰停住了脚步。两个孩子往溪水里看了看,竟然发现溪底金灿灿的碎石上躺着凯斯宾国王的尸体,像玻璃一样晶莹透亮的溪水从他的身上淌过,国王长长的白胡子像水草一样在水中飘着。他们三个都哭了,连狮王也不例外。狮王的每一颗泪珠都如同最纯洁的钻石,比尘世间任何东西都宝贵……(第 187 页)

　　然后,阿斯兰命令尤斯塔斯到灌木丛那里找一根荆棘,来扎进狮子的手掌中。尤斯塔斯咬紧牙这样做之后,一大滴鲜血从阿斯兰手掌中流出来,那颜色"比一切你曾经见过的或想象的鲜红还要红"。当血流入泉水中时,奇迹发生了:白发苍苍的凯斯宾老国王开始恢复到年轻时的样子,眼睛睁开,微笑着站在孩子们面前。在阿斯兰的山上,凯斯宾复活了。在这个故事的末尾,信心穿越死亡的迷雾,将孩子们带入了复活的生命中。

阅读指导

　　如果读者是第一次接触这个故事,或第一次给自己的孩子读这个故事,需要至少通读一遍整本书。你可以用第一部分关于故事情节的问题,来与孩子讨论。第一遍阅读不需要做过多神学上的引导和解释,让孩子自由地沉浸在故事中。

　　在孩子大致明白了主要故事情节和人物之后,可以与孩子讨论下面第二部分关于神学主题的问题。这里给出的答案,不是让家长或老师僵化地塞给孩子。最好先尽量引导孩子用自己的语言表述出来,然后按答案所提示的,引导孩子思考。

关于故事
情节的问题

1. 尤斯塔斯和吉尔这次是怎样进入纳尼亚世界的?

2. 吉尔第一次见到阿斯兰是在哪里?

3. 阿斯兰给吉尔怎样的指示? 他还怎样嘱咐她?

4. 吉尔再次遇到尤斯塔斯时,他们在一起看到了什么?

5. 老国王为什么要上船远行? 他是谁?

6. 吉尔和尤斯塔斯是如何发现他们已经错过了阿斯兰的第一个指示的？

7. 他们从猫头鹰那里听到关于瑞廉王子的什么事？

8. 瑞廉王子的母亲是谁？她是怎么死的？

9. 瑞廉王子是怎样失踪的？

10. 两个孩子要往北方走的时候，谁成为了他们的同伴？

11. 当他们走到北方荒野时，他们遇到的两个人是谁？

12. 沼泽怪为什么觉得这个绿衣夫人不怀好意？吉尔为什么不认同他？

13. 在听从绿衣夫人的建议去斯文巨人城堡之后，孩子们有什么变化？

14. 当他们在巨人城堡住下之后，吉尔做了一个怎样的梦？后来他们怎样意识到，是阿斯兰在借着这个梦指引他们？

15. 他们是如何发现这些巨人是邪恶的？

16. 他们是怎样在地下世界遇见失踪的瑞廉王子的？

17. 瑞廉王子为什么每天都要坐在银椅上一个小时？女巫是怎样告诉他的？这个银椅实际上是做什么用的？

18. 三个同伴是怎样意识到阿斯兰第四个提示的？他们选择怎样做？

19. 女巫出现后，用什么魔法来迷惑他们？她是如何来反驳太阳和阿斯兰的存在？

20. 在关键时候，谁先清醒过来，戳穿了女巫的诡计？

21. 回到纳尼亚的瑞廉王子，有没有见到他的父亲凯斯宾国王？凯斯宾怎么了？

22. 吉尔和尤斯塔斯离开纳尼亚之后,在阿斯兰的大山上看到了谁的尸体躺在溪水中?

23. 在这些人中,有谁流泪了?

24. 阿斯兰是怎样让凯斯宾国王复活的?

关于神学主题的问题

1. 阿斯兰为什么嘱咐吉尔要反复背诵那四个指示?

因为吉尔和尤斯塔斯进入纳尼亚世界后,可能会面对令人灵性昏迷的环境,反复熟记于心那些指示,让他们可以牢记阿斯兰的话,完成使命。但阿斯兰也预言说,在世界各种诱惑和"空中掌权者的首领"的试探下,他们会很容易忘记这些重要的话。

2. 尽管吉尔每日背诵,她和尤斯塔斯为什么还是错过了头三个提示?

他们被眼前的一些事物吸引分心,忘记了自己的使命,并且在艰难的环境中,他们有时顺着自己的私欲,缺乏属灵儆醒,从而错过了这些清楚的提示。属灵试探是一场争战,若没有儆醒是很危险的。

3. 瑞廉王子是怎样从寻求复仇变成完全服从于女妖的?沼泽和地下世界的空气中,有怎样的一股势力影响到人的理智?

瑞廉王子被绿女巫施了魔法,心意完全被诱惑改变,将杀害他母亲的邪恶女巫当作一位让人尊敬的女神来爱慕崇拜。绿女巫的邪恶势力和魔法影响力,蔓延在地下世界的空气中,让整个世界都与真实世界相反,让人们和真实的世界隔离。时间长了,人就会开始怀疑自己以前经历的真实世界是否存在。

4. 女巫为什么要与孩子们辩论太阳和阿斯兰的存在?她是怎样成功迷惑他们的?

她用诡诈的言语,企图模糊并让孩子们忘记此前经历的真实世界,把这些都说成是虚幻的、想象出来的。在邪恶魔法的协助下,她这些重复的、逻辑不一致的洗脑术,居然让孩子们开始糊涂起来。

5. 当阿斯兰让孩子们看到溪水中凯斯宾国王的尸体时,他自己为什么哭了?阿斯兰为什么提到自己也曾死过?

阿斯兰对生命充满热爱,他因死亡感到悲哀。他对人的爱是真切的。他不是冷漠、不关心他人死亡的君王,因为连他自己也曾经历过死亡的痛苦。

死是因罪而来的,不是创造主对这个美好世界最初的设计;死亡也是每个人要面对的最后一个仇敌。救主在我们这个世界上的时候,也曾为他死去的朋友拉撒路哭泣(约11:35)。

6. 复活带给孩子们怎样的盼望?

死亡不是终结。我们与至亲挚友还可以在死亡后重逢。这是复活给我们的盼望。

《最后一战》
一切都更新了

不再有死亡,也不再有悲哀、哭号、疼痛,因为以前的事都过去了。

———《启示录》21:4

看哪,我将一切都更新了。

———《启示录》21:5

　　路易斯以这样一句话开始了《最后一战》①的故事："在纳尼亚最后的日子里……"。当一个名叫"移易"的老猿猴找到一头狮子的皮时，故事情节就注定要往一个很糟糕的方向发展了。猿猴操控一头驴伪装成阿斯兰的样式，将纳尼亚一切美善、正直的事，都颠倒过来。纳尼亚世界中从未有过如此彻底的一场欺骗，居然有人敢伪装成阿斯兰来进行这样一场阴谋。真理被谎言代替，公义被颠倒，一切希望都破灭了。纳尼亚世界因此逐渐走进了末世。

---

① C. S. 路易斯：《最后一战》，毛子欣等译，人民邮电出版社，2015年。

末世的欺骗

当纳尼亚最后一个国王蒂莲听到阿斯兰来临的消息时,他很难平息心中的喜悦。可是后来,他的喜悦却变成了深深的失望和哀伤。蒂莲亲眼看到,很多自由公民被不公义对待,例如能言树被砍下,会说话的兽被奴役欺辱。最可怕的是,这些卑劣之事都是借着阿斯兰的命令完成的。他实在无法调和自己对阿斯兰的知识和眼前所看到的纳尼亚的现实:阿斯兰怎么会是一个缺失公义、任意妄为的王呢?后来,他为了保护一匹受虐待的能言马,出手杀死两个号称奉阿斯兰命而行的卡罗门人。那一匹叫做珍宝的马与他有一段谈话:

> "陛下,阿斯兰怎么可能下令干这种伤天害理的事呢?"
>
> "阿斯兰是一头不听话的狮子嘛,"蒂莲说道,"我们怎么知道他会干些什么?问题是,我们倒成了杀人犯。……我要求他们带我去见阿斯兰,我要让阿斯兰公平地审判我。"
>
> "那是自寻死路。"珍宝想劝阻他。
>
> "如果阿斯兰判我死刑,你认为我会介意吗?"国王轻松地说,"我毫不在乎,根本就无所谓。与其说阿斯兰现身了,而他又不是我们信仰、渴求的那个阿斯兰,那倒不如死了来得干脆。这就好比有一天太阳升起来了,可升起来的是个漆黑的太阳一样。"(第 24 页)

作为持守尊严、敢于承担责任的纳尼亚公民,蒂莲国王和珍宝决定一同为这一命案自首。蒂莲宁愿被阿斯兰处死,也好过发

现自己一生相信的真理竟然是虚假的谎言。他们原本希望见到
阿斯兰,但只看到老猿"移易"。一些动物们知道阿斯兰的权柄
比蒂莲国王大,而它们认为,既然阿斯兰现在与卡罗门人联盟,那
就不用保护蒂莲国王了。

　　蒂莲看到,这位老猿自称是阿斯兰的权威代言人,它正在与
一些能言兽进行一场谈话。很多动物在强权压力之下,很希望面
对面和阿斯兰交谈,因为过去阿斯兰出现的时候,都是亲自对他
们说话的。这一幕令人想起《魔法师的外甥》中,阿斯兰在创造
出动物们时,被围在中间的场景。那时,动物们好奇欢喜地围绕
着它们的创造主,听阿斯兰说,他将生命赐给它们。而现在,动物
们又想要围绕在阿斯兰旁边,它们带着困惑不解,祈求阿斯兰对
它们说话。不料,老猿说:

　　"别信这种傻话，"无尾猿对此不屑一顾，"就算这是真事，那也时过境迁了。阿斯兰说啦，以前他对待你们心太软，明白吗？……"

　　动物们听后发出低声的呻吟和呜咽。……

　　"还有一件事你们得知晓一下，"无尾猿继续说道，"……因为我充满智慧，所以阿斯兰一直只跟我一个人说话。……他想让你们干什么，就会把话告诉我，我就会把他的话传达给你们。……"（第29页）

　　老猿易移的性格和它的名字一样，多变诡诈不可靠。它给动物们的理由是：时代变了。它认为，"自由"的定义是相对的。在今天，"自由"就意味着完全听从它的命令，即使带来的后果是奴役。动物们说，阿斯兰绝不会让他们作奴隶的。动物们也陷入一场阿斯兰是否是正义善良的神义论讨论中。有些动物相信了老猿所说的，认为阿斯兰这次愤怒地出现在纳尼亚，一定是动物们做了什么错事。但它们想不出到底是什么激怒了阿斯兰。其他动物却觉得阿斯兰不会违背他自己的本性和曾经一贯的做法。

老猿继而又换了口气，说这是让大家一起改造纳尼亚，到时候就可以有一个最适合居住的国家，有公路、大城市、学校等等。它用建设作为暴政的合法借口，用一种乌托邦的社会理想来诱惑动物们听从它。听到这里，一头老熊提出，他们并不需要这些东西，他们需要的是自由，而且要听到阿斯兰本人的声音。其他动物也提出质疑，说阿斯兰绝不会与假神塔什做朋友。老猿气急败坏地说，这两个名字只不过用词不同，"塔什就是阿斯兰，阿斯兰就是塔什。"

蒂莲国王看到自己的国民被如此愚弄，而且动物们都因为顺服阿斯兰的权柄而单纯得不知道该怎样回应，他心里十分焦急。当他听到老猿易移把阿斯兰与异教神明相提并论，他突然明白过来，因为这一点就足以说明它所说的是绝对错误的。此时，他再也忍不住了：

> 国王大喝一声，"你撒谎，你满口胡说八道！你像卡罗门人一样撒谎，你像无尾猿一样撒谎"。……他要质问：……塔什，怎么能够同用自己的鲜血拯救了整个纳尼亚的善良狮王阿斯兰相提并论。（第 33 页）

没等国王说出这句话，他就遭到卡罗门人的毒打，被紧紧地绑在树上。就这样，纳尼亚的最后一个国王，在危机时刻，都无法得到他国民的保护。从远处，蒂莲观看到，果然有一个像狮子的家伙从马厩里走了出来。但这家伙什么也没有说，就又回去了。

蒂莲在悲伤之中,心里回顾起纳尼亚之前几任国王所经历的救赎。他想起来,狮王和另一个世界的孩子们,总是在处境最险恶的时候出现。想到这里,他就不禁大声呼唤阿斯兰的名字。渐渐地,他内心起了变化,又燃起了信心,开始继续喊叫纳尼亚的朋友们。之后,他恍恍惚惚进入梦境的一个房间,看到几个人,他们也看见了他。一个自称是"至尊王彼得"的人,甚至询问他是否来自纳尼亚。然后,国王梦醒了。

后来,当尤斯塔斯和吉尔再次回到纳尼亚,见到国王蒂莲时,向他解释了梦中七人是怎样在一次火车震动中进入纳尼亚的。两个孩子与蒂莲一起夜袭马厩,救出了珍宝。当吉尔进入马厩时,发现了假装是阿斯兰的驴,他的名字叫作"迷惑"。

🦁 万物的结局

尽管骗局已经被揭穿,但蒂莲无论如何也预料不到,这事会演变成让他更不愿意看到的糟糕的情形:那就是,经过这些欺骗,矮人们和动物们已经不再相信真正的阿斯兰了。矮人们觉得自己被愚弄过一次,不想再被骗了,因此他们不相信蒂莲国王是为真正的阿斯兰管理纳尼亚的。他们甚至讥讽蒂莲是不是也有一个假阿斯兰来展示给人看。蒂莲渐渐发现,这一次,即便纳尼亚的朋友们(孩子们)到来,也无法阻止事态的恶化,不能让这个病入膏肓的世界起死回生了。到了末日,一切此前能够力挽狂澜的力量都失效了。欺骗者和不信者操纵了社会风气,继续压制、扭曲真理。任何方法都不能让人们恢复单纯真实的信心了。

正如《凯斯宾王子》中所刻画的，矮人是一种政治性很强的种族。矮人们现在要求政治上独立，而不再希望辅佐一位人类的国王（如阿斯兰最初所制定的规则那样）。虽然蒂莲国王救了矮人们，但他们仍认为蒂莲是出于利用他们的动机，才冒险这样做的。

此外，邪恶的卡罗门人早有准备，他们认为老猿的伎俩早晚会被识破。于是，他们的策略是要拉一些有学问的纳尼亚人，吸收进他们的队伍。然后，剩下的那些既不信假神、也不信阿斯兰的家伙，就会因为自己的蝇头小利而追随他们了。当卡罗门人占领凯尔帕拉威尔城堡昔日辉煌的宝座时，蒂莲更加认识到，纳尼亚没有希望了。随后，一只老鹰带来纳尼亚人伤亡的悲惨讯息，以及一位马人带给国王的临终别语："所有的世界都有终结，崇高的牺牲乃无价之宝，此宝无需金钱交换。"

吉尔听矮人和独角兽谈到纳尼亚美好的日子，说真希望那安宁的时光可以永永远远继续下去。但珍宝回复她说，"所有的世界都会结束，只有阿斯兰所在的世界例外。"纳尼亚的战事越来越像是一场灭顶之灾，每个人都面临牺牲的危险。尤斯塔斯和吉尔开始谈到自己会不会在这里战死，以及死后会去哪里。吉尔说，她宁愿为纳尼亚战死，也不愿意在宁静的英国家乡慢慢变老、变痴呆。在她心里，自己已经成了一个纳尼亚人。

比世界还大的马厩

当蒂莲和孩子们到达马厩山时，他们发现狡猾的老猿改变了策略，比他们更早地宣布了关于"先前的阿斯兰是假的"那个消息。动物们虽然一直被欺骗、虐待,但它们渴望要见阿斯兰的信心,仍令人感动。老猿给它们机会,可以进到马厩里去见"阿斯兰"。很快,卡罗门人和蒂莲国王就开始了一场战斗。事情混乱复杂到一个程度,以至于一些纳尼亚战士带着极大的不解和困惑死去。这应该是《纳尼亚传奇》中十分令人悲伤的一幕了。

就在战斗最激烈的时候,蒂莲和他的同伴被扔进马厩中。就在此时,突然,他们看到黑暗瞬间变成了一道耀眼的光。然后,一群头戴王冠的国王和女王出现了。几分钟前,吉尔的脸上还沾满泥土和眼泪,但现在她也穿上了美丽的礼服。蒂莲发现自己也焕然一新。他们身处在一个完全、完美的世界,和先前的世界——无论是英国还是纳尼亚——都不一样。这时,蒂莲国王才发现,马厩里面的世界比外面大多了。正如露西女王所言,在他们的世界也有一个马厩,里面曾经装着比他们整个世界还要大的东西。这里的树不断发出各个季节的不同荣耀光辉。七个国王和女王也都散发着青春的活力,每个人的年龄好像都相仿。在这个世界中,一切有限都不见了。彼得的膝盖伤不见了,老教授狄哥里也

不是年老的样子了。

矮人们也似乎要进入到这个美好的世界了,但它们并不满意自己所发现的一切。周围天空闪耀着美景,它们却只看到黑暗,还面面相觑地说,"天怎么会黑了?"矮人们被它们内心的黑暗蒙蔽了。露西试图要帮助矮人们,她说自己看得见,只是不知道为什么矮人们看不见。

当阿斯兰终于出现时,露西请求他帮助矮人。但即便阿斯兰在矮人们面前吼叫,他们却认为这是蒂莲国王找什么东西假装出来的声音。他们夸口说,他们再也不会上当了。狮王在矮人们面前摆设了丰盛的宴席。但是,他们的私欲让他们尝不出味道,反而以为自己吃的是烂萝卜和干草,甚至彼此大打出手。他们打完了还说,不要再被人骗了,只为自己而战。

> "看到了吧,"阿斯兰说,"他们不会接受帮助。他们宁可自己骗自己,也不肯相信别人。他们的牢狱就是自己的内心……他们过于害怕受骗,所以谁也没办法拯救他们。"(第137页)

这些无法享受永生宴席的矮人们,象征着一群被私欲所败坏而失去永恒祝福的人。他们的私欲和无知,将他们永远留在自己的黑暗里。路易斯在他另外的作品《天渊之别》中,更加详细地描写了人为何与天堂失之交臂的场景,有兴趣的读者可以找来阅读。

🦁 最后的审判

最后，时间巨人被阿斯兰的"时辰已到"从沉睡中唤醒了，他吹起了末日的号角。然后，天象开始发生变化，连星星都在坠落。这是阿斯兰在召唤它们回家。动物们和各种生灵都响应这一号角，奔向阿斯兰的身边。当纳尼亚的能言兽们经过阿斯兰的审判宝座时，都注目看阿斯兰的脸，而每个动物对这位创造主的反应如何，就决定了阿斯兰的判决。那些看阿斯兰时显出惧怕和憎恶之神色的，被差往狮王背后的阴影方向走去；那些望着阿斯兰时显出热爱和渴慕之神情的，就被邀请进入一个门。这个场景就好像是动物们自己审判了自己一样。那些走向阿斯兰阴影的动物们所做的选择，和阿斯兰宴席面前的矮人们所做的一样，都堕入到了自己的黑暗里。

路易斯在奇幻小说《天渊之别》中，也表达出一个同样的道理。路易斯一直在用寓言的方式，让读者思考人之"意志"在他永恒去向上所扮演的角色。每个失丧的灵魂都异曲同工地说，"与其在天堂服侍，不如在地狱作王。"正如路易斯所说：

最终只有两类人：那些对上帝说"愿你旨意成就"的，和那些上帝最后对他们说"愿你旨意成就"的。所有在地狱的人都是自己选择的。没有这种自我选择，就没有地狱。一个灵魂若认真、不停地渴望喜乐，他一定不会错过的。寻求的必会寻见，叩门的必给他开门。

在很多关于天堂和地狱的讨论中，会有一个常见问题：每个人都会得救吗？按路易斯看来，普救论当然是错误的，因为很多人根本就不想要得救。他们不断让自己信服，他们选择的才是最好的。他们的世界充满了自我，容不下一位上帝。人若没有意识到自己是失丧的、走向灭亡的，就不可能向往天堂。路易斯并非在说，人死后仍有机会可以选择去不去天堂。他乃是用一种极富想象力、略微夸张的文学手法来展现人的自甘堕落，以及人的选择和行为是有永恒后果的。人要治死罪、渴慕上帝，才能承受上帝的国。

后来，孩子们看到，一些在战斗中死去的马人和熊也在这个浩大的队伍中。它们死时并不明白，现在看到了阿斯兰，心里既害怕，又热爱。但它们进入的那个新世界，果树有医治伤痛的大能，救主可以解开一切隐秘。这一场景的美好，简直像梦境一样。

审判结束后，阿斯兰说了一声"结束吧"。天地陷入一片漆黑。旧的纳尼亚灭亡了。他们都经过了死荫幽谷关，进入到一个前所未有的新世界。

🦁永恒的团契

这个新国度很像过去的纳尼亚,也有冰川、山峰、森林和河流,只是更加宏伟,更加辽阔,无穷无尽。他们尽情奔跑,探索着这个美丽的世界。那里不仅有神奇的果子、甜美的河水,还有他们曾经相交团契的挚友,如老鼠雷佩契普和过去的纳尼亚国王们。能与古远时代的纳尼亚居民问候、亲吻,蒂莲真觉得这是"奇迹中的奇迹"。他们共同讲起古老的笑话。路易斯幽默地写道,"笑话被搁置了五六百年之后再次被翻腾出来,听上去特别风趣,让人无法想象。"正如一首赞美诗所写的:

> 那时候何等光明、美丽、庄重,
>
> 凡世上得救的人,
>
> 一同相会在主明宫,
>
> 在那边点名,我亦必在其中。

虽然这个世界是一个探索不尽的美境,但孩子们却都觉得一切是那么熟悉,丝毫不陌生,都是他们所认识的。露西说,这是一个更真实、更美丽的地方。他们甚至看到了英国的那个有衣橱的老房子,以及自己在英国的父母。

故事的结局中,有一个令人吃惊的细节。进入马厩里面那个世界的,还有一位卡罗门士兵伊梅思。他从小信奉塔什神,但他一直恨恶虚假和邪恶,算得上是一个正直虔诚的异教徒。就在他进入马厩之后,伊梅思仍在思考他会不会面对面见到塔什神,他惧怕塔什会立即杀死他。但到了马厩里面,在荣耀的光中,伊梅

思面对面见到的,却是狮王阿斯兰:

> 他……眼睛像熔炉中熔化了的金液一样明亮。他比拉
> 戈尔火焰山还要令人生畏,但又比世界上所有的东西都更加
> 美丽……我匍匐在他的脚边,心想我将命绝于此,因为这头
> 狮子才是万人敬仰的神……(第151页)

令他大吃一惊地是,阿斯兰亲和地称这个异教徒为"亲爱的
孩子"。伊梅思诚实地说,他一直信奉的是塔什。但测透人心的
狮王说,他所怀的虔诚、执着和渴求,其实是在追求一位真实的主
宰。伊梅思虽然生活在无知中,但他的虔诚好过一些假冒为善又
口称追求阿斯兰的人。一番交谈之后,阿斯兰向伊梅思吹气,他

心中的恐惧被拿走了,一种从未经历过的奇妙变化出现了:

> 他转过身去,像一股金色的风一样,忽然消失了。……
> 从那以后,我一直在寻找他,因为他让我感受到了前所未有
> 的幸福,这种幸福感让我全身无力,就像生病了一样。真是
> 奇迹中的奇迹,他竟称我为"亲爱的孩子"……(第 152 页)

这段故事揭示出,这个世界上只有一条通往真理的路,而并
非是条条大路通罗马。路易斯并不是在传递一种普救论的信息,
他其实在巧妙地传递出普遍恩典和上帝拣选的道理。正如在故
事中,阿斯兰强调说,他与塔什神是完全不一样的,而正因为此,
伊梅思的真诚和敬虔,不可能是献给塔什的。的确,伊梅思见到
阿斯兰之后的反应(觉得自己不配,如狗一样),也显出他的谦
卑。他的经历,就像路易斯怎样从一位真诚的无神论者降服在基
督面前一样。异教徒或无神论者并非不追求真理,很多人也是在
这个追求过程中,而只有拥有主权的主才能将他们带到自己面
前。他曾应许说,"寻找的,就寻见。"(太 7:8)

故事的最后,尤斯塔斯感叹说,他们竟然亲眼见证了纳尼亚
的毁灭。露西感到忧伤,因为再也回不到纳尼亚去了。但是,曾
经亲眼看到阿斯兰创造纳尼亚的狄哥里勋爵,突然领悟到一个道
理。他对孩子们说:

> 那个纳尼亚有开始,也有终结。那只不过是真正的纳尼
> 亚的影子,或者说是个复制品。真正的纳尼亚曾经存在,将

来也永远存在。就连我们自己的世界也一样，英国，包括世界各国，都只是阿斯兰所属的真正世界的某一部分的影子或复制品。露西，你不用为纳尼亚感到伤悲。旧纳尼亚中一切重要的东西、一切可爱的动物，都经过那扇门进入了真正的纳尼亚。……就像真实的生活不同于梦境。（第 157 页）

正如路易斯在《天渊之别》中所写的一样，天堂的事物被描述为更坚实、更真实的，在感官上甚至超过此世美好事物带给我们的满足和享受。在路易斯的笔下，天堂不像人们认为的那样朦胧模糊，充满白光和雾气，而是比这个世俗世界更坚实、更可感知——这翻转了现代人感官上习惯了的实在感。天堂就是真实本身。路易斯还说，一切真正实在的，就是属天堂的，因为一切能震动的都被震动了，唯独那不可被震动的才会存留下来。正如路易斯在《荣耀之重》中说到的，这个世上的一切美善之事，都指向那位亘古常在的至善者：

　　我们会认为，美就在一些书籍中、在音乐中……但美并不在它们里面，而是借着它们表达出来。而且，从它们传递出来的，是一种渴望。这些事物（美、我们过去的记忆）都是我们真正渴望之事的美善印象，但如果人将它们错当作是那个事物本身，就等于将它们变成了哑巴偶像，敬拜它们的人也要心碎。因为它们不是那事物本身，它们只是我们未曾找到的一朵花的芬芳，是我们未曾听过的一个曲调的回音，是我们未曾造访过的一个国家的消息。①

在进入这个新纳尼亚的旅途中，孩子们也都发现了真实的自己，就像夏斯塔从卡罗门逃走，再次成为阿钦兰的王子；也像瑞廉脱离地下世界的失忆症，成为纳尼亚的王子；从伦敦来的几个孩子们也找到了信心、勇气和盼望，他们终于知道，这是多么值得踏上的一次旅途！

最后，阿斯兰解开了他们怎样离世的谜题。原来，他们在火车事故中全部遇难了。但那不是他们生命的结局，而只是一个开始。正如阿斯兰所说的，"学期结束了，假期开始了。早晨到了，你们该醒了。"孩子们这才意识到，他们永恒的生命，只掀开了第一章，真正精彩的故事，才刚刚开始。

---

① Lewis C. Staples, *Weight of Glory* (Zondervan, 2001), p. 3.

阅读指导

　　如果读者是第一次接触这个故事,或第一次给自己的孩子读这个故事,需要至少通读一遍整本书。你可以用第一部分关于故事情节的问题,来与孩子讨论。第一遍阅读不需要做过多神学上的引导和解释,让孩子自由地沉浸在故事中。

　　在孩子大致明白了主要故事情节和人物之后,可以与孩子讨论下面第二部分关于神学主题的问题。这里给出的答案,不是让家长或老师僵化地塞给孩子。最好先尽量引导孩子用自己的语言表述出来,然后按答案所提示的,引导孩子思考。

**关于故事
情节的问题**

　　1. 老猿和驴子在大瀑布发现了一个什么东西? 他们用这个东西做什么呢?

　　2. 蒂莲为什么杀死那两个卡罗门人? 他为什么选择去向卡罗门人自首?

　　3. 老猿对动物们说,阿斯兰现在为什么不面对面同他们交谈了？

    4. 蒂莲为什么认为老猿在撒谎？

    5. 马厩里出来的那头狮子是谁？

    6. 蒂莲在黑暗中想起来向谁求助？他呼唤谁的名字？

    7. 此后蒂莲在梦境中看见了谁？

    8. 尤斯塔斯和吉尔这一次是怎样进入纳尼亚的？

    9. 蒂莲和两个孩子们为什么决定假扮成卡罗门人？

    10. 独角兽珍宝被关在哪里？

    11. 他们怎么发现原来的那个狮子是假冒的阿斯兰？

    12. 当蒂莲戳穿老猿让驴子假冒阿斯兰的谎言时,他惊讶地发现一个怎样的严重后果？矮人们为什么再也不相信阿斯兰了？

    13. 当吉尔在感叹纳尼亚总是处于混乱状态时,珍宝对她讲起哪些美妙的事物？

    14. 珍宝和马人都认为所有的世界都将终结,只有哪一个世界才是永恒的？

    15. 在战斗中,蒂莲身后出现的七位国王和女王是谁？

    16. 矮人们为什么看不到马厩里的鲜花,也不觉得阿斯兰所赐的宴席美味？

    17. 当卡罗门士兵在马厩中见到阿斯兰时,狮王为什么接纳他？

    18. 孩子们在新世界遇见了谁？

    19. 阿斯兰的新世界为什么让孩子们觉得很熟悉？他们看到哪些熟悉的事物？

    20. 阿斯兰为什么告诉露西说,他再也不会将孩子们送回英国、送回他们的世界了?

2　关于神学主题的问题

1. 蒂莲国王是怎样发觉老猿用诡计进行欺骗的?

当老猿说塔什就是阿斯兰时,蒂莲大怒,因为他深信阿斯兰是用自己鲜血拯救纳尼亚的王,是与其他神明完全不同的。圣经说,"没有别神能这样施行拯救"(但3:29),而且"在天上人间,没有赐下别的名,我们可以靠着得救"(徒4:12)。

2. 矮人们为什么看不到马厩里面的美景,也品尝不到阿斯兰宴席的美味?

他们被自己内心的不信和黑暗蒙蔽,所以即便将永恒的美物放在它们面前,它们也看不见也尝不出来,甚至还不停发出抱怨和咒诅。他们是活在自己私欲中的一群人,从而错失了永恒的祝福。

3. 孩子们为什么在永恒的新世界还能看到自己熟悉的事物?

此前的世界(不论纳尼亚还是英国)都只是阿斯兰永恒国度的影子。世界上的美善事物,都折射并指向永恒中的事物,而一切美善都指向一个源头,就是创造主。永恒之国是一个更真实的地方,也具有此世的物质性,但却是一种超越的真实存在。"上帝为爱他的人所预留的,是眼睛未曾看见,耳朵未曾听见,人心也未曾想到的。"(林前2:9)

第二部分
纳尼亚人物小传

露西
信心

信就是所望之事的实底，是未见之事的确据。

——《希伯来书》11：1

　　小女孩露西是《狮子、女巫和魔衣橱》《凯斯宾王子》和《黎明踏浪号》中的主角,也在另外两个故事《男孩与能言马》《最后一战》中扮演了配角。在哥哥姐姐眼中,她是个一贯诚实的女孩。她的友善和单纯,也可以从她在《狮子、女巫和魔衣橱》中第一次进入纳尼亚、与羊怪友好交往的情节看出来。因为她真正经历过纳尼亚世界的存在,所以即便在哥哥姐姐质疑和嘲笑之下,她仍不愿意妥协去承认自己是在说谎,而是坚持认为纳尼亚是存在的。露西的单纯信心,也让她成为《凯斯宾王子》中唯一一个能看见阿斯兰的孩子。

　　从她的经历,我们可以学到不少关于信心的功课。首先,属灵信心不只是一种玄乎的感觉,而是一种确实的知识。露西对纳尼亚世界有过切身的认识,是她不能否认的。其次,信心可以建立在一种确实的经历之上。她在关系上经历过与羊怪的美好友谊,因此也不能否认那只是一种幻觉。第三,真信心在于它所信靠的对象是可信的。露西在第一次纳尼亚之旅中,认识到阿斯兰是谁,而且亲眼看到阿斯兰代替埃德蒙受死并复活。此后,阿斯兰就成了她单纯信心的对象。第四,信心是一种恩赐的眼光。在《凯斯宾王子》中,阿斯兰总让露西能看见他,后来渐渐让埃德蒙的属灵视力也恢复了,最后是彼得和苏珊。若不是借着一种属灵力量在人心里作工,人凭肉眼是看不见那位超自然的主的,更谈不上承认他、追随他。第五,信心让众圣徒合一。在《凯斯宾王子》和《黎明踏浪号》的故事中,对阿斯兰的共同信心让孩子们和睦地为同一个目标努力。

埃德蒙
悔改

从前你们是暗昧的，但如今在主里面是光明的，
行事为人就当像光明的子女。
光明所结的果子，就是一切良善，公义，诚实。
——《以弗所书》5：8—9

男孩埃德蒙是《狮子、女巫和魔衣橱》《凯斯宾王子》中的主角，也在《黎明踏浪号》《男孩与能言马》《最后一战》中扮演了配角。纳尼亚对埃德蒙的生命改变是翻转性的。他此前是一个常常撒谎、欺负弱小的孩子。他虽然是四个孩子中第二个进入纳尼亚世界的，但为了让彼得和苏珊不相信露西，他不惜编造谎言，说并不存在纳尼亚，来让露西难堪。路易斯也用讽刺的口气写到埃德蒙，说他总有办法惹上麻烦。埃德蒙出于自私和贪欲，吃了女巫施过魔法的土耳其软糖，也把羊怪和露西的事供了出来。女巫试图用埃德蒙作鱼饵来抓住四个孩子，但终于没有得逞。当她要加害于埃德蒙时，阿斯兰救了男孩。即便这样，女巫仍来到阿斯兰面前，指控埃德蒙是一个出卖别人的叛徒，要求按"高深魔法"处死他。阿斯兰与女巫私下谈好，愿意以自己的生命来代替埃德蒙的死。当阿斯兰被女巫杀死在石桌上时，埃德蒙仍浑然不知。

但是，经过与邪恶势力直接交手并险些丧命之后，埃德蒙的生命完全改变了。阿斯兰与他面对面有过一次长谈。此后，在女巫控诉他的时候，埃德蒙只用眼睛专注地看着阿斯兰。这个特写让读者看出，埃德蒙对阿斯兰的绝对降服和信靠。

真悔改是认识到自己在圣洁的全能者面前的位分不仅卑微，而且污秽。一种心里的降卑，必然会带出行为上的改变。悔改是人生命中一百八十度转向的动作,人不再顺从私欲和黑暗势力,而是追随光明。

很多年后,在《凯斯宾王子》中,埃德蒙勇敢地作为使者向邪恶篡权者米拉兹传递挑战,他的高贵和卓绝气质,令敌军大大畏惧。在《黎明踏浪号》的故事里,当表弟尤斯塔斯也回转时,埃德蒙告诉他,自己也曾经有过这样的经历。在《男孩与能言马》中,年轻的埃德蒙国王已经成为一个智慧公义的领袖。他满有耐心和爱心地帮助姐姐苏珊女王认识到一些恶人的计谋。

尤斯塔斯
重生

人若不重生,就不能见上帝的国。

——《约翰福音》3:5

男孩尤斯塔斯是《黎明踏浪号》《银椅》和《最后一战》中的主角。在他表兄妹埃德蒙和露西眼中，尤斯塔斯是一个自命不凡、令人讨厌的家伙。他对别人没有一丝礼貌和同情，也对属灵之事完全不感兴趣。对他来说，纳尼亚是一个用来嘲笑别人的笑柄。他第一次进入纳尼亚时，就与不少人发生了冲突，而且不停地咒诅那个地方。当"黎明踏浪号"靠岸，众人都需要劳动时，他趁机溜开，然后在一个山洞发现了一只死去的龙和宝藏。尤斯塔斯的贪心让他自己变成了一只龙。这一改变让他感觉孤单，向往与同伴们在一起。当众人发现尤斯塔斯所变的龙时，他们用爱心接纳了他。之后，阿斯兰主动出现在尤斯塔斯面前，让他把龙皮脱下来。尤斯塔斯试了好几次，脱掉一层，却又长出一层。阿斯兰说，这需要狮王亲自动手，就在尤斯塔斯身上抓了起来。他在疼痛之后，终于脱下了丑陋的龙皮，浸入水中，经历了重生的洗礼。

重生是圣灵主动作工，人无法叫自己重生。人一旦经历重生，就必定会按公义的律来生长，结出与此前生命完全不同的果子来。尤斯塔斯后来的生命，的确像脱胎换骨一样。他与其他孩子一同经历了前往阿斯兰国度的旅途，而且看到好朋友老鼠将军义无反顾地进入了那永恒的国度。此后，纳尼亚也成了他最爱谈到的话题。在《银椅》中，尤斯塔斯关心在学校受人欺负的女孩吉尔,大家都看到他不一样了。尤斯塔斯也告诉吉尔关于他所认识的阿斯兰的事。他们两人还在阿斯兰的山上,亲眼看到凯斯宾国王的复活。在《最后一战》中,尤斯塔斯和吉尔成为纳尼亚的勇敢战士。在战事最激烈的时候,他想到能为纳尼亚而死,比在原来英国的世界庸庸碌碌地死去,要荣耀得多。

雷佩契普
渴望

神啊！我的心切慕你，如鹿切慕溪水。

我的心渴想神，就是永生神；

我几时得朝见神呢？

————《诗篇》42：1—2

　　老鼠将军雷佩契普是《凯斯宾王子》《黎明踏浪号》中的主角，也出现在《最后一战》中。在《纳尼亚传奇》系列中，路易斯唯独用这一动物形象来表达出他自己人生的核心，即对永恒的渴望。

　　雷佩契普虽然外形是一只卑微的老鼠，但它拥有骑士的美德和贵族的气质。阿斯兰和他国度的荣誉，总让这个战士激动不已。从它幼年时的童谣开始，一种深深的渴望就主导着它的追求。当它与凯斯宾王子一同踏上"黎明踏浪号"的征途时，它的愿望比凯斯宾还要远大：要去看一看阿斯兰的国。这一渴望让它的人生很简单，同时又动力非凡。雷佩契普是一位朝圣者，它一切所行，都在注目着那个神圣的终点。

　　对永恒的渴望，是每个人心中都有的一颗种子。但是，并非每个人都会如此专注于心中这个微弱声音的邀请。唯独被上帝拣选、肩负独特使命的朝圣者，才会穷其一生，只为获得这一赏赐。正如圣经所说，"天国好像藏在田里的宝贝，有人发现了，就把它藏起来，高高兴兴地离去，变卖了他的一切，来买那田地。"（太13：44）

　　当孩子们与雷佩契普到达海天之边时，阿斯兰要求他们其中一位留下来，进入他永恒的国度。雷佩契普毫不犹豫地自告奋勇。一生为阿斯兰而战的它,丢掉了手中的短剑,因为它知道,在它就要进去的那个地方,不会再需要武器了。它摇着小筏子,义无反顾地进入了阿斯兰的国。老鼠雷佩契普的传奇,在纳尼亚继续广传,人们都称它为"纳尼亚的大英雄"。在《最后一战》中,当众人都进入新的纳尼亚时,他们又与老鼠雷佩契普相遇了。

凯斯宾
勇气

你们不可丢弃勇敢的心,存这样的心必得大
赏赐。

——《希伯来书》10：35

凯斯宾是《凯斯宾王子》《黎明踏浪号》中的主角,也在《银椅》《最后一战》中出现。凯斯宾虽然生为继承王位的王子,但对权力没有太大兴趣,反而向往古代纳尼亚的世界。在推翻邪恶篡权者米拉兹的战役中,凯斯宾成了一位带领纳尼亚居民争取自由的领袖。他与彼得、埃德蒙、苏珊和露西建立了坚实的友谊。后来,他们一起乘坐"黎明踏浪号"去远征,寻找七位忠于他父王的伯爵。当凯斯宾和孩子们被一些做奴隶贸易的人逮捕后,他透出机智、勇敢和忠诚,很快解救了其余的人。在这次旅途中,他遇见了一位蓝衣少女,后来两人结婚了。凯斯宾再次出现在《银椅》的故事里时,已经是白发苍苍的老国王了。为了寻找自己失踪的儿子瑞廉王子,凯斯宾又踏上一艘船远行,但却在旅途中病倒,回来不久就病死了。在《最后一战》中,尤斯塔斯在阿斯兰山上的泉水里,看见了年老的凯斯宾死去的尸体,也看到阿斯兰的血怎样让凯斯宾复活。

路易斯并没有给凯斯宾这个人物赋予很超凡的属灵恩赐,但他的忠诚和勇气是人类君王中很难见的品质。当阿斯兰指出凯斯宾本族人的卑劣出身时,他也谦卑地接受了。这个人物的经历,成为贯穿几卷书的银线。

苏珊
怀疑

那疑惑的人，就像海中的波浪，被风吹动翻腾。
这样的人，不要想从主那里得什么。

——《雅各书》1：6—7

苏珊是《狮子、女巫和魔衣橱》《凯斯宾王子》和《黎明踏浪号》中的主角，也在《男孩与能言马》中扮演了配角。作为露西的姐姐，她宁愿相信妹妹可能是疯了，也不能接受露西所描述的纳尼亚世界。在与狄哥里老教授的谈话中，教授指出她思考问题缺乏逻辑。苏珊依赖的是一套世俗物质主义的逻辑，对于属灵事物，她的基调一直是怀疑性的，以至于她在亲眼看见纳尼亚中的能言兽时，还坚持认为它们本不应该说话的。她虽然与露西一同见证了阿斯兰为埃德蒙受死和复活的一幕，却仍不明白其中的属灵含义。当露西与她讨论是否应该告诉埃德蒙时，苏珊觉得让埃德蒙知道，是一件很可怕的事。从露西的经历，我们可以读出来，苏珊一直是家中备受称赞的美人儿。也许美貌给了她很强的优越感。关于苏珊最后有没有得救，进入阿斯兰永恒的国度，路易斯并没有清楚交代，只是彼得在《最后一战》中提到，苏珊已经不是纳尼亚的朋友了。吉尔也说，她只对尼龙袜、口红和宴会邀请感兴趣。长大以后的苏珊，已经不再认真思考自己早先经历的纳尼亚世界和对阿斯兰的信心了。

狄哥里
忧伤

哀恸的人有福了,因为他们必得安慰。

——《马太福音》5：4

　　男孩狄哥里是《魔法师的外甥》中的主角,也在《狮子、女巫和魔衣橱》《最后一战》中扮演配角。在第一个故事中,狄哥里的出场伴着极沉重的忧伤,因为他心里挂念病危的母亲。路易斯以自传形式刻画这个男孩。加上寄人篱下的处境,狄哥里总是和伦敦的雨天一样阴郁。面对一个怪异的魔法师舅舅,狄哥里虽然对魔法很好奇,但他能察觉到,舅舅的手段是极其残忍自私的。当安德鲁舅舅用魔法戒指让波莉消失之后,狄哥里很有责任感地要把女孩救回来。

　　两个孩子经历了一连串冒险,但狄哥里心中最放不下的,仍是自己病中的妈妈。当狄哥里第一次见到阿斯兰时,他想要问的一个问题,就是该如何救他的母亲。阿斯兰为狄哥里的妈妈,流出了晶莹剔透的泪珠。随后,当阿斯兰责备说,是狄哥里将邪恶引入了刚刚被创造出来的纳尼亚世界,男孩也不加辩解。狄哥里承诺要帮纳尼亚完成一个使命,就是按阿斯兰的命令去摘一个不同寻常的苹果,来护卫纳尼亚。在苹果树下,狄哥里又遇到了女巫贾迪斯。女巫也察觉到他的唯一弱点,就拿生命树上的苹果来试探他。狄哥里虽然很想医治妈妈的病,但他也认识到自己需要信守承诺。女巫的试探失败了,狄哥里仿佛放弃了妈妈得医治的机会。但阿斯兰最终允许他在新长成的苹果树上摘一个魔法苹果,将他妈妈的病治好了。

　　我们在世上所爱的人,迟早会成为忧伤的来源,因为人的生命都是脆弱的,转瞬即逝。但阿斯兰的眼泪说明,他是一位"与哀哭的人同哀哭"(罗12:15)的王。当救主在我们这个世界上时,他也曾为拉撒路的死而哭泣。终其一生,他为人的罪"常经忧患",好像一个忧伤之子。正是因为他熟悉我们的忧伤,才能凡事上与我们同担当。而最终,只有他才能擦去我们一切的眼泪(启7:17)。

第三部分
亲子阅读

与儿子谈论死亡*

在儿子 Calvin 能理解复杂的故事之前,我们就搜罗了各种版本的《纳尼亚传奇》,包括中文、英文和电子书,期待有一天可以和他一起踏上阅读路易斯的旅程。终于有一天晚上,我开始给三岁半的儿子读路易斯的《纳尼亚传奇》中的《狮子、女巫和衣橱》。当读到小女孩露西忠实的朋友羊人图纳斯先生为了保护露西而被女巫变成了石头的时候,Calvin 显得很难过。他突然问我,"爸爸,国永叔叔去哪里了?"我愣了一下,正要回答他的时候,他继续说道,"他回家了对吗? 爸爸,国永叔叔去天堂了,我知道的。"

今年春天,Calvin 第一次参加了一场安息礼拜,也是他第一次认识到"死亡"这个场景。在我们的朋友国永意外车祸后的几天里,我们每天为他守望祷告,Calvin 也和我们一起。他常闭着眼睛用有些紧张和稚嫩的话说,"亲爱的天父,请您保守国永叔叔,保守阿姨和小妹妹。阿门!"每一天,Calvin 都会这样说。后来,国永离世了,但 Calvin 的记忆依停留在这样的祷告中。我只

---

*　以此文纪念我们的朋友徐志跃、江绪林、许国永,他们得着了那安息。

能提醒他说,"你现在只需要为阿姨和妹妹祷告。"

"为什么呢?"他有些不解地问。

"因为国永叔叔已经回家了,不再需要我们祷告了。"

"他的家在哪里呢?"

"在天上啊。"

"爸爸,你的家在哪里呢?"

"我们的家都在天上。"

"那你什么时候去呢?"

"爸爸还不知道。"

"爸爸,我找不到你会很伤心的。"Calvin 紧紧抱着我说。

《纳尼亚传奇》所编织出来的世界,对于他而言,很多问题还是那么复杂而难以理解。例如,有一天,连爸爸妈妈也会暂时离开他。这个世界上最未知和痛苦的事情莫过于经历死亡,仿佛一切坚固的东西都在死亡这个毒钩面前烟消云散。死亡不只是意味着身体作为一个有机体停止运作,更是一种与至亲之人的隔绝。

🦁 死的毒钩

死亡的痛苦,提醒我们这个世界是如此短暂。神学家潘能博格(Wolfhart Pannenberg)说道:"在所有受造之物中,人类存在的一个独特之处在于,唯独我们意识到自身的死亡。我们认识到,和我们周围的人一样,我是必定会死的。这种意识是基于这样一个事实——我们人普遍感受到,我们有一个不同于现在的未来。"这种不同让我们感受到死亡的冰冷,是一种无法逃避的疼痛,也是面临不确定性的一种焦虑。而当我们看到亲人在经历到这些的时候,我们却无能为力,想要紧紧抓住,却发现两手空空。

　　早在孩童时代,C. S. 路易斯就经历了母亲的离世。幼年的他曾经为母亲的病痛祷告,上帝却没有让他的母亲继续活在这个世界,这也是路易斯多年远离信仰的原因。在《纳尼亚传奇》第一部《魔法师的外甥》中,小男孩狄哥里的故事就是路易斯自己童年的经历。小男孩的母亲得了重病,快要死了。这时,狮王阿斯兰命令他去取一个苹果,而且告诉他,这个苹果将要成为大树,在未来保护整个纳尼亚。

　　女巫诱惑狄哥里,说可以私自留下苹果去救他的妈妈而违背阿斯兰的命令,男孩挣扎着胜过了这个试探,最终完成了阿斯兰交付的使命。他告诉阿斯兰这个诱惑,阿斯兰对他说:

> "那样的话,它确实能治好你妈妈的病,但不会给你或者你妈妈带来快乐。终有一天,当你和她回想起这件事时,会觉得当初还不如病死的好。"
>
> 　　听到这里,狄哥里眼里涌出了泪水,一阵哽咽让他说不出话来。他放弃了挽救妈妈生命的所有希望,但同时,心里明白狮子通晓所有的事情,有些事情可能会比失去亲人更加可怕。(第 150 页)

但阿斯兰还是赐给他一个苹果,尽管不能使人永远活着,却能医治疾病。可惜不是每个故事都有这样的结局。在面对死亡时,世界也提供了各种各样的解决方案:斯多葛主义告诉我们要做到宠辱不惊、不哭不笑,因为对于他们来说,情感是何等软弱的一件事情。现代主义者和物质主义者很少谈论这个话题,一方面他们用今天物质的满足来推迟人面对死亡的时间;另一方面他们将人对超越死亡、不朽的渴望,投射到国家、集体中。基督徒在经历苦难、面对死亡的时候,也如同穿行在充满迷雾的森林中——虽然我们知道森林尽头的目的地,却还是需要穿越那看不见的荆棘。

上帝的公义和世间的苦难,是神学中常常讨论的一个主题。基督徒的生命是一种真实的存在,这种存在不会隐藏生命最为本真的罪和痛苦,反而是激励人去更深思考这些现实,也在上帝恩典中找到安慰。当我们在一堂系统神学课讨论神义论时,有人问教授应该用何种理论去安慰失去至亲的人,得到的回复是:"首先应该抱着他/她一同哭泣。"是的,有时我们期待用各种的理论去安慰别人,那是因为我们还未曾感受过同样的痛苦。

耶稣哭了

在圣经中,最短的一句经文是描述耶稣面对拉撒路死亡时的反应:"耶稣哭了。"当代神学家沃特斯托夫(Nicholas Wolterstorff)在痛失爱子时写道:"上帝不仅仅是受苦之人的上帝,更是那位受苦的上帝。人性的伤痛和失落已经进入到他的心中。通过我泪水之镜已经看到了那位受苦的上帝……通过基督的道成肉身、通过他的受苦,将我们从苦难和罪中救赎出来……上帝不是解释我们的苦难,而是和我们一同承担。"①

---

① Nicholas Wolterstorff, *Lament for a Son* (Wm. B. Eerdmas Publishing, 1987), p. 81.

在纳尼亚的世界中,象征基督的狮王阿斯兰不止一次流泪。在《银椅》中,当男孩尤斯塔斯和女孩吉尔从地下世界救出了瑞廉王子后,尤斯塔斯发现自己的老朋友、瑞廉王子的父亲、君王凯斯宾也去世了。路易斯描述了狮王的眼泪:

　　接着,阿斯兰停下了脚步,孩子们朝着溪流望去。在小溪底下金色的沙砾上,躺着死去的凯斯宾国王,水晶般的溪水从他的身体流过,他长长的白胡子如同水草般在水中飘动。他们三个都站在那里哭泣。甚至狮子也在哭泣:伟大的狮子的泪珠,如果每一滴泪珠是颗钻石的话,那将比整个地球都要宝贵……
　　"亚当的儿子,"阿斯兰说道,"到灌木丛那里,你将发现一根荆棘在那里,去把它拿给我。"尤斯塔斯遵命去行。这根荆棘有一英尺长,锋利的如同长剑。"把它扎进我的掌,亚当的儿子。"阿斯兰吩咐到,阿斯兰抬起了右前爪,向尤斯塔斯伸出了巨掌。"必须这样做吗?"尤斯塔斯问道。"是的。"阿斯兰说。接着,尤斯塔斯咬紧牙,将荆棘刺进了狮子的掌心。大滴的鲜血流了出来,比一切你曾经见过或想象的鲜红还要红。血滴落在溪水中,落到那位君王的遗体上。与此同时,哀伤的乐声停止了。那位死去的君王开始发生了变化。他的白色的胡子变成了灰色,接着又变成了金黄色,并且变得愈来愈短,最后完全不见了;他那凹陷的面颊渐渐变得丰满红润,皮肤的皱纹也慢慢成了光滑,他的眼睛睁开了,面带着微笑,突然跃起身来,站在了他们面

前……（第 187—188 页）

死亡是一个连三岁的孩子都能从世上观察到的律。但是，成年人往往避讳与孩子讨论这个话题。我们关于死亡的知识贫乏得可怜，让这个话题常常变成社会的禁忌或者被装饰上各种模糊不清的宗教面具。然而，在人类的历史上，只有一个人从死中再次回来，告诉我们那个与创造主和解以及关于另一个世界的消息。无论在任何时候、任何地点，唯独那信心之眼永远能够穿透死亡的迷雾，在这个世界上常存盼望。

身体灵魂

儿子有时会问："爸爸，每个人都会死吗？"

"你看，阿斯兰是这样对他们说的，大多数人都死过，甚至他自己也死过。很少有人不会经历死亡。"

"爸爸，你会死吗？"

"爸爸当然有一天也会死。"

"妈妈会死吗？"

"有一天我们都会离开这个世界，但是你记得爸爸告诉过你生命中最重要的是什么吗？"

我紧紧抱住了 Calvin，想到一位已经在基督里睡了的好朋友。

在路易斯的笔下，我们生活的世界不过是最美好世界的影子，就如在使徒保罗的眼中，我们如今所见的仿佛是对着镜子观看，但有一天我们就和那位最爱我们，曾经用血遮盖我们的那一位面对面了。正如《海德堡教理问答》中的第一问所说的：

> 我的身体和灵魂，都属于我信实的救主耶稣基督。他已用他的宝血完全偿付了我一切的罪，并且救我脱离魔鬼的权势。他如此看顾我，没有我天父的旨意，我的头发一根也不会损坏：事实上，万事为了我的拯救而相互效力。因为我属于基督，借着他的圣灵，他确保我得永生，使我从今往后尽心尽意为他而活。

童话中通常的结尾都是皆大欢喜，人们从此过上的幸福的生活。如果有一本书，它的结尾所有人都死了，那一定是最悲剧的一个结尾。在纳尼亚的结尾中，所有人都死了，然而，最后阿斯兰说，梦做完了，早晨开始了。之后的一切都如此美好、伟大，以至于无法用笔墨去形容。我想，那可能就是 T. S. 艾略特在《四重奏》中所写到的：

> 我们必须寂静前行，进入另一种炙热。为了更深入的联合，更紧密的团契，越过黑暗的寒冷和空寂的荒芜，越过惊涛骇浪，狂风怒号，海燕和海豚的浩淼大海。我的结束之时正是我的开始。

在儿子 Calvin 的世界里，纳尼亚的故事还在继续。

不平安的平安夜

晚间,在 Calvin 的妹妹睡着以后,又到了我给他读书的时候。他总是很期待进入纳尼亚的世界。

因为邪恶女巫施加的魔法,纳尼亚始终都在漫天飞雪的冬天里,并且最重要的是,那里没有圣诞节。连圣诞老人也因女巫对纳尼亚的统治而远离了纳尼亚。

小女孩露西无意中闯进了纳尼亚的世界,遇见了羊怪图纳斯先生。羊怪邀请露西去他家中做客,请她喝茶,讲述昔日纳尼亚的美丽,吹奏动人的音乐,然而图纳斯先生内心却十分挣扎。最后,他告诉露西,他不得不为白女巫效力,见到夏娃的女儿或者亚当的儿子就必须交给白女巫,否则白女巫会割掉他的角,并且让他变成石头,除非有一天凯尔帕拉维尔城堡的四位君王坐在王座上时,他才能够复活。经过挣扎,图纳斯先生最终还是送露西回家了,代价就是他后来真的被白女巫变成了石像。

读到这里,儿子突然对我说,“我要打电话给警察”。我很惊讶地看着他严肃的小脸,问他为什么会这样说。"我要告诉警察把白女巫抓起来!"他一边说着,一边很认真地把左手伸出来,作了一个使劲抓人的动作。他停了一下又说,"纳尼亚的小朋友太可怜了,没有圣诞节就没有礼物了。"

我们居住的大溪城的冬天也非常冷,通常会持续近四到五个月都是漫天的飞雪,孩子们很长时间都必须待在家里。庆祝圣诞节就成了他们最快乐的时光。对于三岁的 Calvin 来说,剥夺这样一个快乐的节日,简直是可恶之举。这可能是他能想到的最邪恶的事了。

不平安的世界

我想,等他长大了,也必须面对这样一个悲惨的世界。人堕落后,这个世界如同打碎的花瓶,每一个碎片虽然都还折射出那最本质的美善,却残缺、锋利并且伤人。人如同压伤的芦苇,四处奔波,却没有了根,以至于每一代人都认为自己所经历的与众不同,但却不得不面对同样的痛苦和悲伤。

在安徒生童话中,卖火柴的小女孩在平安夜里流浪街头。家庭的破碎、世人的冷漠,让她只能够靠划一根火柴,在寒冷的夜里得着一点安慰。

我曾在一个无家可归者的救助中心服务过三年的时间。这个救助中心建立在市中心流浪者最集中的地段。每一位来这里寻求帮助的人,都带着一颗破碎的心和灵魂。有人生意破产,大起大落,妻离子散;有人从小被亲人虐待甚至性侵犯,以至于长大后,他们也这样对待他人;有人陷入酒精和药物成瘾而无法自拔;

有人因为性和毒品而导致身体患上疾病、溃烂。家庭暴力、经济危机、贫穷的叹息和无止尽的欲望，都交织在一个个破碎的灵魂中，却无法让灵魂变得整全。讽刺的是，在圣诞节前，救助中心外是厚厚的积雪，外面闪烁着圣诞节的彩灯，以及各种奢侈品的圣诞节广告。这些仿佛在告诉人们，拥有这些商品，节日就会变得多么美好。而在这个救助站中，人会因为一杯热可可就感到万分满足。

这是一个分裂的世界。一方面，它向我们展示面包、浮华、权力而掩饰那背后的虚无；另一方面，当失去这些的时候，我们获得的却是真实的绝望。我们每一个人都目睹和经历着罪在这个世界所带来的影响和痛苦。节日家人团聚时，因为亲人离世而只剩下空空的座椅；彼此关系的破裂；经济的问题；身体的疾病；哪怕我们一无所缺时，也不会得到满足，反而感到空虚无聊；面对不公义时，内心的愤怒；面对不确定的未来时，心里的忧虑；正如帕斯卡尔在《思想录》中所说，"我们寻求真理，在自己身上却只能找到不确定性；我们追求幸福，找到的却只是可悲与死亡。"人没有根，在大地上四处流亡，没有安息之地，没有平安。

"主啊，要到几时呢？"（诗 13：1；哈 1：2）在旧约时代，流亡中的先知和百姓无数次向上帝求问这个问题，"要到几时呢？"我们流亡的灵魂，生命中的痛苦悲伤，这个世界的荒诞不公要到几时呢？这一等就是四百多年。

平安夜到了，然而那天并不平安。

希律为了权力和稳定而将全城两岁以下的孩子全部杀尽了。

在《思想录》中，帕斯卡提到了更残忍的事情，"当奥古斯都听说希律下令把两岁以内的孩子一律处死，而其中也有希律自己的孩子在内时，奥古斯都就说，做希律的猪还比作他的儿子好一些。"数不清的母亲在那天夜里痛哭，"在拉玛听见号啕大哭的声音，是拉结哭她的儿女，不肯受安慰，因为他们都不在了。"（耶31：15）唯独活着的人留在这个破碎的世界中，流亡在荒原上，坐在死荫幽谷里等待，"主啊，要到几时呢？"

🦁 我们在等什么？

没有盼望的人不会等待，唯独信心能够让我们有持久的坚忍，在黑暗死荫中前行。人在与上帝隔离后，想到的是自我解决、建立自己的城。今日，很多人过的圣诞节，是一个没有基督并充斥着各种消费的节日。人变得更可怜了，因为"他们无所不知，却无所相信"。他们对于一切抱有兴趣，也对一切缺乏热情。正如德国法学家施密特（Carl Schmitt）说过的：

> 人们渴望地上的天堂，通过工业和商业而得以实现，事实上，这个天堂已经被认为是在地上，在柏林、巴黎或者纽约，其中配备着泳池、汽车和沙滩躺椅，时间表成为人们的圣经。他们不想要爱和恩典的上帝；他们已经作出如此惊人之举，为什么他们不去"做"尘世的通天之塔？毕竟，最重要和最终的事情都已经被世俗化。公义已经变成权势，忠诚变为算计；真理变为众所承认的正确；美好变成好品味；基督教变

成一个和平主义的组织机构。①

现代人的空虚,让我们在平安夜只有通过消费来买到虚假的盼望和平安。我们表达情感的方式退化成可以折算为货币价值的礼物。感恩节的背后是黑色星期五的购物,平安夜和圣诞节被印制在商场的打折券上。

有谁知道,在那天夜里,多少贫穷的人在旷野牧羊? 在那天夜里,多少母亲在为丧失孩子而悲伤痛苦? 多少旅人在黑夜中远行? 多少人在祷告中追问上帝,"主啊,要到几时呢?"

在纳尼亚的世界中,冰雪没有冰冻住盼望。阿斯兰就要来临、四位君王就要登上宝座的预言,一直在流传着,就如同海狸先生所说的那首古老的诗歌一样:

> 阿斯兰一出现,错误必能纠,
>
> 阿斯兰一吼叫,悲伤不再有,
>
> 阿斯兰露尖牙,严冬到尽头,
>
> 阿斯兰抖鬃毛,春天复来临。

这是纳尼亚世界里没有臣服于邪恶女巫的居民所盼望的。

---

① 见 Carl Schmmit, *Theodor Däublers üNordlicht'*: *Drei Studien über die Elemente*, *den Geist und die Aktualität des Werkes* (Munich, 1916), pp. 64 –65.(这是德国法学家施米特在一次世界大战中所写的,他敏锐地指出了现代性中的危机,遗憾的是最终他依旧试图用人本主义的方式去解决,以至于在纳粹时期成为官方法学家。)

预言一点点地被成就：亚当的儿子和夏娃的女儿们出现在了这个世界中，雪开始融化，邪恶的魔法不再能够阻止圣诞老人来到纳尼亚的世界，提前报告那美好的消息。尽管如此，露西和很多纳尼亚的居民都问过这样一个问题：阿斯兰为什么不能一直在我们身边？

1943 年圣诞前夕，德国神学家、殉道者朋霍费尔（Dietrich Bonhoeffer）在监狱中写下了这样一段话：

> 过去一两周里，我的脑海里不断浮现出这些话：
> 让一切痛苦和缺乏都过去吧，我亲爱的弟兄们；
> 我会将万物都更新了。
> "我会将万物都更新"是什么意思？它意味着没有什么能够失去，万物都在基督里，尽管他们都会被改变，变得透明、清洁，从一切自我的欲望中摆脱出来。按照上帝最初的意图，基督将会更新万物，不再有我们的罪所造成的扭曲。①

在结束中开始

人类的历史是为了基督而展开的。上帝在历史中启示他自己，让我们在基督中一切都被更新。上帝在人类历史中的一刻，将丰丰满满的恩典倾倒在人类当中。人们在时间中看见永恒，在

---

① Dietrich Bonhoeffer, *Letters and Papers from Prison* (NY: The Macmillan Company, 1967), pp. 95 - 96.

尘世中触摸到不朽。

上帝很多时候看似沉默，但却不是意味着上帝的护理终止了。这里面有福音的奥秘。上帝在我们中间，被称为"以马内利"，他的名字表明，他要与人在一起。

那天夜里，随着一声啼哭，一位婴儿诞生了。他生在这样一个奉行强权即真理、和平即战争、自由即奴役、无知即力量这些法则的世界中。这也是一个娱乐至死、消费解构的世界，一个小女孩需要依靠微弱的火光在黑暗寒冷中获得安慰的世界。这是一个母亲痛哭孩子的世界，一个婚姻破碎的世界，一个被世界抛弃的世界。这就是你我的世界。圣婴耶稣的诞生，将我们彼此相连，没有人再是孤岛。

然而，当光照进黑暗中时，黑暗却不接受光。人们仍幻想巴别塔，幻想没有圣婴的平安夜，幻想没有苦难的人生，幻想没有代价的信仰。然而，上帝唯独借一位婴孩，成为软弱之躯，去承担这个世界的苦难，给我们应许和盼望，告诉我们生命需要经历时间上的等候。

《卖火柴的小女孩》的结尾部分在很多中文版中被删去。原文为"没有人会想到她曾看见多么美丽的东西，也没有人会想到在平安夜里，她和她的祖母一起进入了何等美好的天国"。

今日有人仍会争论究竟哪天是耶稣诞生真正的日子，以及如何过圣诞节。消费社会也不断地告诉我们应该怎么过圣诞节。这个世界中也有更多的人因为宽容之名反对人过圣诞节。然而，那位婴孩却是要让我们看到更真实的一天，看到比真实还真实的世界。在生命水边，让我们在黑暗中等待，在不平安的世界中得享平安。

　　"我的心等候主,胜于守夜的等候天亮,胜于守夜的等候天
亮。"(诗 130:6)

喜乐（Delight）

唱一首锡安的歌

睡前，给儿子读《纳尼亚传奇》。

当男孩爱德蒙在纳尼亚遇见女巫时，女巫问他说，"你最想吃点什么。"男孩立刻回答说："土耳其软糖（Turkish Delight）。"女巫果然满足了爱德蒙的愿望。

每当读到冰雪女巫出现时，Calvin 就会侧起身子对我严肃地说：

"爸爸，我要打电话给警察。"

"为什么啊？"我问他。

"告诉警察把女巫抓住。"

"抓住女巫？"

"嗯，因为警察抓坏人，女巫就是坏人。……她骗小朋友，还不让他们过圣诞节，也没有礼物。"

突然，Calvin 问我，"爸爸，Turkish Delight 好吃吗？"

他眼中透出渴望的神情，因为爸爸妈妈平时实行"糖分管制"，不常让他吃糖以避免吃正餐时挑食。

爱德蒙完全沉浸在前所未有的美味中,根本没有意识到女巫的不怀好意,甚至他还无意识地出卖了自己的弟兄姐妹。而且,他越吃就越渴望更多。"因为这是施加了魔法的土耳其软糖,任何人一旦尝了一点,就会想要更多,甚至,只要可能,他们就会不停地吃下去,一直吃到死为止。"这之后,尽管女巫离开了,但土耳其软糖的滋味始终让他痴迷地回味。相比之下,世界上其他的东西仿佛都是那么索然无味。他也忘记了亲情友情,一心就盼望回到女巫身边,再次吃到那美味的糖果。

熟悉纳尼亚整个故事的人可能知道,爱德蒙这一选择的后果就是,纳尼亚至高的君王、创造者阿斯兰必须亲自受死,才能够赎买爱德蒙脱离女巫的捆绑。

第二天,我们真的从商店里买了一盒软糖。这盒软糖没有精美的盒子,只是一个非常普通的纸盒,纸盒上画着方方的、透明的糖的图案。软糖甜得有些发腻,然而很少吃糖的 Calvin 笑哈哈地借着这个机会往嘴里塞了两块,小腮帮子鼓鼓的。这时,他早就忘记了昨天晚上的故事,女巫和爱德蒙都被抛在了脑后,他吃完后还想再吃。当天,他果然因为吃了甜食,一天都没有好好吃妈妈做的饭菜。

喜乐从哪里来?

我们每一个人在生命中有时都会像爱德蒙一样,如此沉迷在某些事物中,仿佛它们就是我们喜乐的源泉。"喜乐"是如此重要,连古希腊哲学家亚里士多德在其伦理学中也说到:喜乐和痛苦伴随着所有的人,因此是人必须要思想的。但是,真正

的喜乐不是土耳其糖给我们的快乐(delight)。我们看见,在这
个物质丰裕的时代中,有多少人一无所缺,但他们依旧没有
喜乐。

喜乐诚然和德行相关,但并不是所有的喜乐都是具有德行
的。当喜乐超越了德行的尺度和约束时,就成为了恶。① 然而,
在古希腊的思想深处,却存在着两种冲突的宗教动机;没有真正
的喜乐,只有冲突的悲剧。尼采在《悲剧的诞生》中洞察到了这
一点,他认为,古希腊的悲剧是在酒神狄奥尼索斯之灵和阿波
罗之灵之间的冲突。在最为古老的古希腊宗教中,万物起源于
大地之母,在生命永流中,生命从无形变为有形,却无法逃脱宿
命,最终以死为代价。生命的朽坏屈服于必然性,人们将生物
的本能绝对化,最终在对于狄奥尼索斯的崇拜中达到顶峰。近
代的基督教哲学家杜伊维尔也总结了古希腊思想中两种人的
起源:

> 他理性的灵魂对应着天体范围的完美形式与和谐,而物
> 质的身体则被认为起源于大地之母的黑暗和不完美的领域,
> 伴随着大地之母的永流的生命之河和它的必然,它不可逃避
> 的死亡宿命。只要不朽理性的灵魂被大地所束缚,就不得不
> 被迫接受身体作为它的牢狱和坟墓,并且在形成、衰落和重
> 生的永恒过程中从一个身体移居到另一个身体。只有通过

---

① Aristotle, *The Complete Works of Aristotle*: *The Revised Oxford Translation*. Volumes 1 and 2. ed. Jonathan Barnes (Princeton, 1984), pp. 3728 – 3735.

苦修的生活,理性的灵魂才能够从已被物质身体所玷污的状态中将自身洁净,从而在漫长的时期终结后,灵魂能够返回到它自身的家——形式、权衡、和谐的属天领域。①

　　然而,希腊城邦中却需要一种公共的释放,将人的欲望彻底地展现出来;人获得喜乐,是靠在献祭酒神中的痴迷。在布鲁诺的思想中,在荷尔德林的诗歌中,在谢林的哲学中,直到现代,一直如此。在尼采的《权力意志》中,充满着欲望的释放。“享乐主义的转向,通过用快乐来进行的证明,是基督教衰败的症兆:这取代了通过强力、通过基督教观念中由恐惧而引起的战兢来进行的证明”。人们被一种鸦片式的基督教所满足,“因为人们已经既没有力量独自站立,去探究和冒险,也没有帕斯卡尔式的力量,没有了容忍自卑的力量,没有了相信人类无价值的信仰的力量,没有了在‘可能的——审判’焦虑的力量。”(15:318)在尼采那里,不再有恩典,不再有善恶,有的只是冷酷、激情和支配。有意思的是,尼采在很多地方以帕斯卡尔作为基督徒的代表。但帕斯卡尔在《思想录》中,引用了武加大译本圣经《约翰一书》作为开场白:“凡世界上的事,就像肉体的情欲、眼目的情欲、并今生的骄傲”(libido sentiendi, libido sciendi, libido dominandi)。在拉丁版本中,“欲望”(libido)的三个层次清晰可见,就是肉体、精神和权力支配。最后一个“今生的骄傲”和尼采使用的“权力意志”是

---

① Herman Dooyeweerd, *In the twilight of Western thought*: *Studies in the pretended autonomy of philosophical thought* (Craig Press, 1975), p. 102.

同一个词。①

🦁错位的喜乐

我们现代人都是尼采的儿女。我们的快乐就是期待本能欲望的满足。弗洛伊德在《快乐的原则》中就强调了欲望的满足，特别是性欲的满足。今日各种成瘾的背后都是我们对于欲望满足的渴求，甚至今日的语言中都充斥着赤裸裸的欲望的表露——"小鲜肉"。这是真正的属灵的疾病。尼采看到了这场危机，却无法触及到恩典对此的医治。现代社会将我们的欲望放置在机械中，程序中，官僚体制中，各种潮流和非人格化的支配中。我们内心真正渴望的无法被满足。甚至在家庭和教会中，也少有亲密的团契。家庭被工业社会所瓦解，教会也被大城市中的冷漠所冲击。杜伊维尔对此进行了描述：

> 此外，当下普遍被世俗化的人已经失去了真正对于宗教的兴趣。他已经陷入了一种灵性的虚无主义的陷阱之中。也就是说，他否认一切属灵的价值。他已经丧失了他一切的信仰，并且除了他自己欲望的满足之外，拒绝任何高于此的理念。甚至人本主义对于人的信仰和对于人通过理性的力量来支配世界，以及将人高举到一个更高的自由和道德的水平上，也不再成为当下群众-人的心灵中所要诉求之物。对他而言，上帝死了；两次世界大战已经摧毁了人本主义关于

---

① 这里的分析，可以参看沃格林《政治观念史》第七卷。

人的理念。现代的群众－人已经丧失了自身,而将自己视为被抛入到一个毫无意义的世界中,在这个世界中,对于更好的未来不抱有任何的希望。①

　　那么,什么才是喜乐和幸福呢? 无疑,我们现代人和古人一样,都渴望喜乐和幸福。然而,我们对于喜乐的盼望和向往却根本无法被有限的目标所满足。正如帕斯卡所说,"如果不是前人知道真正的幸福,他今日所有不过是一种标记和无意义的踪迹,如此热望,如此徒劳的背弃是做什么呢?"如今,我们却被"骄傲的疾病"缠绕,无法安息。

　　和男孩爱德蒙一样,我们每个人都有自己的土耳其软糖。很有趣的是,Turkish Delight 这个糖名就包括高兴、喜乐的意思。然而,当我们渴望用这盒魔法糖果让我们喜乐,满足我们不停的欲望,逃避世间的压力,遗忘曾经的苦痛,我们就无法停止吞噬,只是为了回到初次品尝的奇妙感觉中。然而,我们越是渴求越是无法满足,以至于我们不再对于世上更美好的存在留意,就连身边的亲情、友爱、团契也显得冷漠。为了欲望得以满足,我们每个人都和爱德蒙一样,离开了自己的家和团契,宁愿流亡,选择背叛,直到后悔却发现无法再走回真正的路。

流亡和归回

　　圣经不停传讲的是一个从流亡中归回的叙事。始祖的犯罪,

_____

① Herman Dooyeweerd, p. 102.

让人离开伊甸园,流亡到尘世中游荡,最终归于尘土。《失乐园》中最后一句想象了亚当和夏娃当时的状况,"他们彼此牵手,步履跟跄,步伐缓慢,穿过伊甸,踏上寂寞之旅。"人不知道要去往哪里。

我在神学院实习时,曾在一个教会办的无家可归者救助站作了三年义工。每天早晨六点半,我们会做好早餐,煮好咖啡,每份一美元。也许你很难想象这一美元的早餐会给无家可归者何等大的安慰,特别是在寒冷的冬天。那散发着热气的咖啡,在桌子边一起交流,有的人还唱起赞美诗,这些带给很多人归属感和快乐。

在那里,有一件事情让我非常难忘。救助站有一位常来的六十岁的女士 Christina,她年轻时红极一时,被人追捧,甚至成为《花花公子》的封面女郎。她很少提及往事,一定有很多伤痛。有时她会在救助站的电话那里打满十分钟的规定时间,有时也会和我们工作人员聊几句,说她今天很快乐。有一天,她很晚才来,还问我今天有没有她的信。我查了一下,告诉她这是昨天的信,今天的信件还没有送到。她突然很难过地说,"你知道吗,今天是我的生日,我想这个世界上除了我妈妈,没人会在意我了。可是今天却没有信。"我不知道该说什么去安慰她。她一言不发地走了。这时,我的指导过来,拿了张生日卡片,"你今天见到 Christina 了吗,今天是她生日,这是给她的卡片。"后来,Christina 依旧每日来到这个救助站,她说和许多人一样觉得这里是她的家。在这里,人们的喜乐可以来自一封信,一杯只卖二十五美分的摩卡所带来的快乐,一个拥抱,或是一个小组的查经和唱诗。

甚至还有一位无家可归者在这里读完了大学,信了主,大家和她喜极而泣地拥抱在一起。很多人告诉我,这里就是他们的家。

🦁 唱一首锡安的歌

信主之前,周围的世界提供给我的是如何让自己得到满足,将欲望和自我的实现当成快乐;很少有人教导我关于喜乐的事情。然而,有很多时候,基督徒和非基督徒都错误地将喜乐等同于不会遭受痛苦,或是一帆风顺中人获得满足的感觉。在这种观念中,一位"好"基督徒似乎应是每天笑口颜开的人。我在 Degage 的经历让我发现,痛苦和喜乐常常伴随在一起。正如毕德生所说:"喜乐并非做门徒的必要条件,而是结果。不是我们非得拥有喜乐,才能体验在基督里的生命;而是当我们行走在信心和顺服中时,极为自然的表现……身为软弱的罪人,靠我们自己根本撑不了多久。"①

真正的喜乐不是土耳其糖所给我们的快乐(delight)。我们看见在这个物质丰裕的时代中,有多少一无所缺的人依旧没有喜乐。在《加拉太书》5：22 中,圣灵所结的果子中有一个特质是喜乐(χαρά),不是我们与生俱来的天赋,而是做门徒经过操练,在生命中成长出来的。有时,我们抱有幻想,成为基督徒后,我们就是一个天天充满喜乐的人,不会有意外。然而,彼得明确地说,喜乐来源于我们经历试炼中所尝到的恩典,在百般的试炼中,却是满有荣光的大喜乐(彼前 1：6—9)。

---

① 尤金·毕德生：《天路客的行囊》,郭秀娟译,南京大学出版社,2009 年,第 82 页。

一生绝大多数时候都处于流亡状态的加尔文,也谈到了基督徒在苦难中依旧可以拥有喜乐。他驳斥斯多葛主义者的观点,即认为圣徒不能够流泪,不能够伤感,甚至不能够喜乐,要做到宠辱不惊。相反,加尔文说道:

> 不管我们遭遇贫苦,流放,坐监,羞辱,疾病,死亡,还是其他的灾祸,我们都深信一切处于上帝的旨意和护理中,……我们忍耐不是因为迫不得已,而是天父的安慰。当我们忍耐时,不是被迫接受不能改变的事实,而是在为自己的益处接受。当我们背起十字架的时候,无论肉体多么痛苦,却同时充满属灵的喜乐。之后,这喜乐使我们心存感恩……十字架的痛苦必然伴随着属灵的喜乐。①

主耶稣在浪子的比喻中,讲了一个小儿子流亡和归回的故事。如同爱德蒙被土耳其软糖所迷惑,小儿子被外面花花世界所诱惑。我们都期待外面的世界可以满足我们的欲望,给我们快乐,而不会带来痛苦。直到有一天,我们发现自己想要回去的时候,却找不到回家的路。"我们怎么能够唱一首锡安的歌呢?"(诗137篇)在流亡的途中,一想到锡安怎能不哭泣呢? 哪位浪子在没有回家之前会止住流泪呢? 在圣经中,最终的结局是归回,浪子回家见到等待他已久的父亲。圣经中用的是,"他们就快乐起来(εὐφραίνω)",因喜乐而欢呼。流亡中的加尔文写道:

---

① John Calvin, *The Institutes of the Christian Religion*, III, 8.

那位君王和他的国度带给我们的安慰,能够坚忍于今日的苦楚,饥饿,寒冷,被人藐视和羞辱。因为这位君王始终不离弃我们,必看顾我们,直到争战结束,一同得胜。在这些祝福之下,基督徒有很多欢喜快乐的理由,并有完备的信心,无畏地与魔鬼、罪恶以及死亡争战。①

我们无法预知未来的道路,却知道道路的方向;我们无法把握生命的流逝,却知道它会流向何处;我们无法控制生命中所遭遇的一切,却可以操练出喜乐、忍耐与盼望,因为我们知道那盼望的缘由。爱德蒙的故事快要结束了,我想小 Calvin 和我们自己的故事依旧会继续。我希望 Calvin 和他的小妹妹在这个世界中成长时,会唱出锡安的歌。就如路易斯所说,"喜乐是天国的第一要务",我希望他们能够在今天就为那一天的欢喜而预备。

---

① John Calvin, I, 15:8.

君尊与归回

最近,儿子都是这样介绍自己的:"我的名字叫 Calvin,我是一个王子。"在迷恋小汽车两年之后,他渐渐进入喜欢扮演王子的阶段了。

如果你家有男孩也有女孩,你会惊讶地发现:小孩子能分辨自己性别之前(一般三岁幼儿才有对自己性别的认识),就已经显出天生的性别特征了,如男孩爱汽车、机械的玩具,女孩爱娃娃和毛绒玩具。这是很奇妙的。上帝在自然中设立的性别秩序,不是女权主义理论可以轻易推翻的。

儿子第一次见到巴掌大的玩具小汽车,是在我们好友燕云家。从那以后,我们家小汽车也越攒越多了。等妹妹出生、开始玩玩具时,她也先接触小汽车,因为哥哥老在身边玩这些。但妹妹一岁半以后,就开始迷恋上布娃娃,到哪里都要怀里抱一个娃娃,手里还拿着奶瓶。

我和另外一个家有男孩的妈妈聊到这一点性别差别时,她说:"是的,男孩子一开始就是喜欢小汽车,然后你等着吧,就是恐龙。"她家就有一个五岁的恐龙控。另外一个邻居的女儿七岁,每天都换很多套公主衣服,戴着小王冠,活脱脱一个公主控。

儿子 Calvin 一直没喜欢上恐龙,而是开始迷上了扮演王子。爸爸给他添了一把泡沫做的宝剑,他就更神气了。三岁生日时,幼儿园老师用纸壳给他做了一个皇冠。那是他第一个王冠,他一直戴了大半年,后来王冠虽然已经破旧了,却仍被他当作珍宝。每次戴上,他都会把脖子正一正,大步走路,很庄严的样子。他还喜欢把一条妈妈的纱巾系在脖子上,飘逸地在家里跑来跑去,有时连睡觉也不愿意摘下来。

君尊的渴望

读到王子和公主的故事时,对于三四岁的孩子而言,吸引他们的还不是浪漫的爱情故事,而是能拥有王子和公主那样的尊贵。这种模仿不仅体现出人自我意识的发展,和人对于一种身份认同的追求,也是人受造具有上帝形象的一种表现。上帝赋予人一种尊贵感,正如亚当是具有皇族身份的第一个人类王子,他的受造是为了上帝的荣耀而治理万物(创 1:26—31)。男人和女人在上帝面前受造的位分,赋予他们王者的尊贵和呼召。

在《男孩与能言马》一书中,有一个迷失身份的王子夏斯塔。他从小被一艘船冲上岸,一个严厉的渔夫养父将他抚养长大。对于他的这个父亲,他总有一种内疚,因为他很想爱父亲,却爱不起来。一天晚上,渔夫要用一个好价钱把夏斯塔卖给一个过路的陌生人。男孩隔着墙听到了自己的身世,也明白了养父为何对他如此冷酷。夏斯塔不但没有伤心，反而觉得释然了，因为他终于知道自己不是渔夫的儿子，那么他可能有一种更高贵的身份——或许还是贵族呢。

当夏斯塔很想知道这个陌生人究竟是善是恶时，他就在屋外踱步、自言自语。奇异的事情发生了，陌生人的马居然说起话来，它告诉夏斯塔，这个陌生人是个大恶人，并且自己也是被掳来的。于是，男孩和这一匹马决定当晚一起逃走。

夏斯塔一路经历很多凶险。他解释不了自己的命运为何如此多劫，开始自怜自艾起来。阿斯兰在他最低谷时出现，为夏斯塔勾勒出他一生的剧情：原来都是狮王在导演他的人生，从他出生开始。最后，狮子给他解开了自己的出生之谜：

> 我就是当年那头狮子，你已经记不得了，那时候你奄奄一息，躺在一只小船上，我把船推到一片海滩上，有一个半夜还没有睡觉的渔夫坐在那里，是他收留了你。（第 129 页）

夏斯塔没有意识到，他自出生以来，一直是处于某种引导和保护之下的。当夏斯塔再次遇到和他长相一样的科林王子时，他的身世之谜就被解开了：他真的是一位王子。如同约瑟一样，夏斯塔被掳到异邦为奴，但在王的计划中他是为了将来可以拯救夏斯塔一族的人。

好王子，坏王子

儿子开始扮演王子的同时，也开始问一些关于善和恶的问题。我发现他的身份认同中，有一种对善恶的定位。例如，他会问："妈妈，王子是好的吗?"妈妈回答说："有好的王子，也有坏的王子。"Calvin 就坚定地说："那我要做个好王子。"有时候，他说过这话以后不一会儿，就对妹妹发动不友好的抢玩具战争了。妈妈就会问他："Calvin，你这样做，还是一个好王子吗?"这时他会执拗地说："不，我要做一个坏王子!"

《纳尼亚传奇》中最著名的一个坏王子，可能要数来自伦敦的男孩埃德蒙了。在《狮子、女巫和魔衣橱》一书中，当露西第一次从衣橱进入纳尼亚时，女巫用冰雪咒语控制了这个世界，人们都在等候一个预言的实现：有四个人将坐上宝座，成为国王和女王；狮王阿斯兰归来之时，就是女巫被毁灭之日。

在埃德蒙进入纳尼亚之前，他是一个诡诈、缺乏同情心、爱欺负妹妹的男孩。同时，他也很喜欢吃糖，甚至喜欢到贪心的地步。当他遇见女巫时，他的这些罪和贪欲被恶人利用，他被土耳其软糖所诱惑，甚至愿意出卖自己的兄弟姐妹。他心里虽然知道女巫是邪恶的，却硬着心，投奔了恶者。此后，他就开始品尝到自己犯罪的苦果。在最危急的时候，阿斯兰及时救了他，而且代替他受死，然后复活。埃德蒙在跌倒、被阿斯兰拯救之后，性情变得正直、坚毅，不再为试探所动，成为人人都尊敬的"公义王"。

人因为是按着上帝的形象受造，这形象中有一种尊严，协助了始祖亚当成为地上第一个君王。但是，亚当的犯罪让人类都无法履行这一呼召。君尊的位分，堕落成人的"权力意志"。撒旦借着人的败坏而篡夺王权，死就作了每个人的王（罗 5：14）。唯独基督作为末后的亚当，胜过死亡，再次作王。我们在他里面被恢复尊贵的身份和能力,可以履行以公义治理世界的呼召(罗5:12—21;弗2:1—7)。

在这个败坏的世界,很多人力图实现自己的"君王梦"。他们不甘于平庸,想要在世上留名。他们尽全力打造着自己的帝国,可能是一个公司,可能是一个国家。但亚当之后的人,无法凭自己成为君王。人归回君尊本位,唯独靠基督里的信心。正如《海德堡要理问答》第32问所说的,"我藉着信心,成为基督的肢体,因此在他的恩膏上有份,以至于我可以承认他的名,把自己作为感恩的活祭献给他,又可以用自由和无亏的良心,在今生今世与罪恶和魔鬼争战,并且从此以后,与他一同作王,掌管万物,直到永远。"

圣经应许说,将来有一天,我们会戴上黄金冠冕,我们的生命会闪耀出上帝的荣耀。那时,罪就不在了。"我们若能忍耐,也必和他一同作王。"(提后2:12)

渴望之国，美善之国

奥古斯丁在《上帝之城》中说到，我们渴望国度，但在尘世中，地上的国家追求统治的权柄，让各族各民作它的奴仆，却依旧被自己的欲望所统治。也就是说，每一个人都是被一种国度的权柄所辖制。人，生而渴望一个国，或地上的，或天上的。因为人里面总有一种忠诚的渴望，要献给一个比自己更大的团体或理念。这也是为什么军人或奥运会运动员所看重的国家荣誉，有一种令人安宁的神圣感。可惜，如果这种盼望仅仅面向地上的国，那么就一定会狭隘化为对他人的憎恶。亚里士多德在其《政治学》中也指出，什么样的人配得什么样的城邦。人与国度、与城是连在一起的。我们的身份不仅仅决定于我们自己，更是决定于我们是属于哪个国度、哪座城的公民。

C. S. 路易斯在《返璞归真》中写到，"如果我在自己里面找到一种渴望，是这个世界中任何经历都无法满足的，那么最可能的解释就是，我是为了另外一个世界而造的。"路易斯写《纳尼亚传奇》的初衷，也是为了唤起这样一种渴望。

路易斯用一个童话故事来让读者想象并渴望一个国。在《纳尼亚传奇》中，那就是阿斯兰的国度。在我们的世界，就是圣经所描绘的天国。对天国的渴望，要求人使用一种神学想象力。

在《纳尼亚传奇》中，最渴望那国的，是雷佩契普。它是纳尼亚最勇敢的战士。这只骁勇善战的老鼠将军，有一颗朝圣者的敬虔之心，它自幼就渴望进入阿斯兰的国度。它在与凯斯宾国王踏上"黎明踏浪号"的航海旅程之前，就有一个比凯斯宾国王更大的抱负：它要航行到世界的尽头，看一看阿斯兰的国。它毫不惧怕，只是有一点担心——自己是否能配得上天尽头那边的国度。然而，这时狮王阿斯兰却鼓励他说，那个国度正是给像他这样的人（"老鼠"）所预备的。他配得这样的国度。

有时候，我们也肯定会问自己，为什么上帝的国还没有来临，为什么我不是一成为基督徒就进入天国？部分的答案可能就在于，这个世界的经历如同操练的战场，上帝将他的子民呼召出来，在这个世界中经历苦难、软弱、艰难、各样的试炼，为了预备让我们的生命真正配得上那永恒国度——给我们预备那惊喜。

按传统解读，《出埃及记》20章和《申命记》5章中的"十诫"为人的行为提供了一个律法框架。其实，"十诫"也描绘出一个值得我们渴望的国度。在这个国度中，耶和华是唯一被人尊崇的，以至于，认识他荣耀的知识，要充满全地，"好像水充满洋海一般"（哈2：14）。那里就是永远的安息之地，圣民的蒙福日子长久。那里没有杀戮、奸淫、偷盗和假见证，因为所有人都是忠信诚实、愿意为朋友舍命的（约15：13）。那里虽然有一切的美善和令人愉悦的事物,却不会让人心中生出贪恋,因为人都以上帝和他的基督为满足。在那个美善的国里,肉体的情欲、眼目的情欲都不在了,因为人那时的身体是圣洁刚强的,不再心存私欲,所以也不会朽坏。今生的骄傲也不在了,因为人都极其谦卑,如救他们的主一样。

在《纳尼亚传奇》中,当"黎明踏浪号"越来越靠近天地的尽头时,海水真的像预言的那样变甜了。老鼠雷佩契普兴奋地跳下海,嘴里装满了水,还不住地笑着说,"真甜,甜啊!"凯斯宾国王在尝过之后,他的面孔也发生了变化,他说,"这才叫真正的水啊。我不敢肯定喝了这样的水会不会送命,不过现在才品尝到这水的味道,我倒宁愿去死。"每个人都喝了很多这神奇的水,后来就不饿了,都变得平静默想,连说话都少了。路易斯用水、光、音乐描写出这个地方的奇异性。此处显然不属于这个世界。到了天水连接的地方,雷佩契普欣喜不已,他告别众人后,作为战士的他,丢掉了他极为珍视的刀,划着小圆筏,义无反顾地进入了阿斯兰的国度。那里,才是一个终极的真实世界。

随后,埃德蒙、露西和尤斯塔斯在水天连接的海边看到一幕神奇的画面。一只光芒夺目、令人不能正眼观看的羔羊,在草地上用篝火为他们预备了烤鱼作早餐。当他们吃过以后,露西问这是不是阿斯兰的国度。羔羊说,进入阿斯兰国度的入口,要到他们自己的世界中去找。然后,这只羔羊就变成了一头狮子,就是阿斯兰。

孩子们在《最后一战》才进入到永恒之国中。这个新国度很像过去的纳尼亚,也有冰川、山峰、森林和河流,只是更大一些。他们尽情奔跑、探索着这个美丽的世界。那里不仅有神奇的果子、甜美的河水,还有他们曾经相交团契的挚友,如老鼠雷佩契普和过去的纳尼亚国王们。

正如路易斯在《天渊之别》中所写的一样,天堂的事物被描述为更坚实、更真实的,在感官上甚至超过我们对此世美好事物的满足和享受;天堂不像人们认为的那样朦胧模糊,充满白光和雾气,而是比这个世俗世界更可感知——这翻转了现代人感官上习惯了的实在感。"天堂就是真实本身。"(Heaven is reality itself)奥古斯丁在《上帝之城》中也提醒人们,在罗马陷落的时候,也许人们曾经赞美过这个地上的城邦,却不知道存在另外一个更为真实的城邦,而在那个城邦中被拣选的公民所过的是永恒的生活,只有那里才有永恒的幸福。奥古斯丁说:

> 地上的王国是上帝赐给好人,也同样赐给恶人。对于敬拜上帝之人,当他们的心灵如同孩子时,就会认识到上帝所赐的这个地上之国的礼物并非很伟大。这是旧约中所隐藏的新约奥秘的预表,在旧约中,这些恩赐的应许是属世的祝福,但即使在那时,属灵的人也会明白,这些暂时的事物象征着永恒,在上帝的恩赐中蕴藏着真正的幸福。①

路易斯在1963年已经进入了他渴望的国。那里一定比他在《纳尼亚传奇》中想象出的场景更加奇妙。我们有一日也要进入

---

① St. Augustine, *The City of God Against the Pagans* (Cambridge University Press, 1998), p. 185.

那国。到那时,我们不仅会见到熟悉的亲人良友,也会见到曾经伤害我们的人和被我们伤害的人,会碰见我们曾经思念的人或者满怀内疚遗憾的人。然而,一切旧事已过,都被更新了。我们会见到古代圣贤和信心伟人一起围坐,让亚伯拉罕讲一讲他被呼召献上以撒时到底想到什么,让保罗分享一下他在三重天上看到的景象,让主耶稣讲一讲他曾用手指在地上画了什么。

那个国里,人也许会回想此前的世界是多么有限:即便有美食美景,人心还是不能饱足。相比之下,在这荣耀之国,美善的事不断从无限的上帝那里发散出来,让他们可以尽情地探索这个无限美好的国。此前的人生充满挣扎和疑惑,公义的真相和很多不解之谜都隐藏着,冤魂无数,哀叹无尽。相比之下,在这公义之国,人心的隐秘都展开了,而且,当他们回忆过去的事是怎样发生时,会觉得一目了然。人心中一切隐秘之事都被解开,一切误会都得以澄清,一切后悔都得以弥补,一切冤屈都得以伸张。他们由衷赞叹上帝在一切细节上的护理和公义。也许,他们会一起笑谈过往的事。

神学家马库斯曾经问过这样一个问题:"是什么使得基督徒在他的世界中如同寄居,将教会作为自己的家,在世界上将他的信仰变为通过基督战胜了罪和死亡,并且盼望最终在上帝的国度中同享胜利呢?"他认为,这种天路客的身份不是来源于成为一个封闭团体的一员以获得安全感,而是在于对末世的盼望。①

---

① Robert Markus, *Saeculum*: *History and Society in the Theology of St. Augustine* (Cambridge University Press, 1988), pp. 167–168.

我们若渴望那一天，就会更努力地度过此生之旅。如约翰所说的，"我们知道主若显现，我们必要像他。因为必得见他的真体。凡向他有这指望的，就洁净自己，像他洁净一样。"（约一3：2—3）

进深阅读推荐

McGrath, Alister. *C. S. Lewis A Life: Eccentric Genius, Reluctant Prophet*. Tyndale House Publishers, Inc., 2013.

Schakel, Peter J. *The way into Narnia: a reader's guide*. Wm. B. Eerdmans Publishing, 2005.

Ditchfield, Christin. *A Family Guide to Narnia: Biblical Truths in C. S. Lewis's the Chronicles of Narnia*. Crossway, 2003.

Rogers, Jonathan. *The World According to Narnia: Christian Meaning in C. S. Lewis's Beloved Chronicles*. FaithWords, 2009.

Jacobs, Alan. *The Narnian*. Zondervan, 2006.

Brown, Devin. *A Life Observed: A Spiritual Biography of C. S. Lewis*. Brazos Press, 2013.

Ryken, Leland, and Marjorie Lamp Mead. *A Reader's Guide through the Wardrobe: Exploring C. S. Lewis's Classic Story*. InterVarsity Press, 2005.

Ford, Paul F. *Companion to Narnia, Revised Edition: A Complete Guide to the Magical World of C. S. Lewis's The Chronicles of Narnia*. Zondervan, 2005.

图书在版编目(CIP)数据

通往阿斯兰的国度/马丽,李晋著.—上海:上海三联书店,
2022.5 重印
ISBN 978 - 7 - 5426 - 5897 - 5

Ⅰ.①通… Ⅱ.①马…②李… Ⅲ.①儿童小说-长篇小说-英
国-现代 Ⅳ.①I561.84

中国版本图书馆 CIP 数据核字(2017)第 078725 号

通往阿斯兰的国度
C.S.路易斯《纳尼亚传奇》导读

著　　者／马　丽　李　晋

责任编辑／邱　红　李天伟
装帧设计／徐　徐
监　　制／姚　军
责任校对／张大伟

出版发行／上海三联书店
　　　　　(200030)中国上海市漕溪北路 331 号 A 座 6 楼
邮　　箱／sdxsanlian@sina.com
邮购电话／021 - 22895540
印　　刷／山东临沂新华印刷物流集团有限责任公司

版　　次／2018 年 9 月第 1 版
印　　次／2022 年 5 月第 2 次印刷
开　　本／890×1240　1/32
字　　数／150 千字
印　　张／8.625
书　　号／ISBN 978 - 7 - 5426 - 5897 - 5/I·1239
定　　价／48.00 元

敬启读者,如发现本书有印装质量问题,请与印刷厂联系 0539 - 2925628